Revance à Manhattan

EMMY GRAYSON

Revanche à Manhattan

Traduction française de
JEAN-BAPTISTE ANDRÉ

AZUR

HARLEQUIN

Collection : Azur

Titre original :
CINDERELLA HIRED FOR HIS REVENGE

HARPERCOLLINS FRANCE
83-85, boulevard Vincent-Auriol, 75646 PARIS CEDEX 13
Service Lectrices — Tél. : 01 45 82 47 47 - www.harlequin.fr
ISBN 978-2-2804-9358-1 — ISSN 0993-4448

Composé et édité par HarperCollins France.
Imprimé en octobre 2023 par CPI Black Print (Barcelone)
en utilisant 100% d'électricité renouvelable.
Dépôt légal : novembre 2023.

FSC
www.fsc.org
MIXTE
Papier issu de sources responsables
FSC® C159065

Pour limiter l'empreinte environnementale de ses livres, HarperCollins France s'engage à n'utiliser que du papier fabriqué à partir de bois provenant de forêts gérées durablement et de manière responsable.

1

Depuis une fenêtre du quarante-sixième étage, Alexandra Moss étudiait les signes annonciateurs du printemps à Central Park. Familles, sportifs et vélos se partageaient les allées bordées de pelouse vert tendre, sous les branches chargées de fleurs roses des cerisiers. New York avait subi un hiver particulièrement dur, qui n'avait relâché son étreinte qu'à la fin du mois de mars. Le soleil, depuis la semaine passée, avait enfin battu les nuages et permis l'arrivée du printemps.

Non sans nervosité, Alexandra referma les doigts sur son portfolio. La météo contrastait de manière ironique avec son humeur. Le propriétaire du local commercial qu'elle louait dans SoHo avait décidé d'augmenter son loyer, le jour même où sa plus grosse cliente avait annulé son mariage à la dernière minute. La perte avait forcé Alexandra à licencier son employée à mi-temps et à travailler de l'aube à la nuit pour faire les bouquets, s'occuper des commandes en ligne, de la publicité sur les réseaux sociaux, et de toutes les tracasseries administratives qui allaient de pair avec la gestion d'un magasin de fleurs à New York.

Dix mille dollars envolés, en une fraction de seconde. Dix mille dollars et une occasion unique de prouver que La Campanule était capable de s'occuper d'événements haut de gamme.

Avec un soupir, Alexandra se détourna de la fenêtre et fixa la table d'acajou qui occupait l'essentiel de la salle de réunion.

Il n'y avait pas encore de chaises, pas d'autres meubles. Le groupe Pearson venait juste d'emménager au quarante-sixième étage du Carlson, un immeuble abritant les bureaux d'entreprises aux moyens conséquents, qui pouvaient se permettre les loyers de cette adresse prestigieuse.

Lorsque son amie Pamela, qui travaillait pour un traiteur de luxe, lui avait suggéré de se trouver des contrats institutionnels, Alexandra avait hésité. Si elle voulait passer à la vitesse supérieure, elle n'avait pas le choix. Pamela lui avait discrètement communiqué une liste d'entreprises qui organisaient des événements majeurs dans les mois à venir.

Alexandra avait d'abord cherché des noms qu'elle connaissait. Cela faisait maintenant sept ans que son père, David Waldsworth, croupissait en prison après que son empire financier, fondé sur un système de Ponzi, s'était écroulé. La majorité de ses victimes étaient de petits investisseurs, et les médias ne s'étaient pas privés d'étriller la famille Waldsworth tout entière à coups de gros titres tels que « Ils ne pouvaient pas ne pas savoir ». Une semaine après le procès, Alexandra s'était acheté des vêtements d'occasion, horrifiée de penser que sa garde-robe avait été financée avec les maigres économies d'un vétéran ou d'une retraitée. La plupart de ses affaires et des biens des Waldsworth – leur jet privé, leur maison dans les Hamptons et celle de Martha's Vineyard – avaient été vendus pour abonder le fonds de compensation des victimes. Malgré cela, il manquait encore des centaines de millions pour indemniser chacun à la hauteur de ce qu'il avait perdu.

Sa belle-mère avait pleuré, mais Alexandra avait poussé un soupir de soulagement. Elle n'aurait plus à voir ce que David Waldsworth avait acquis malhonnêtement. Mais neuf ans plus tard elle était de nouveau sur le point de tout perdre.

Non, songea-t-elle aussitôt. *Tu vas signer un nouveau contrat et tout ira bien.*

Ce n'était pas sans nervosité qu'elle avait démarché le groupe Pearson. L'entreprise ressemblait à celle qu'avait bâtie son père, à ceci près que ce dernier l'avait fait en abusant d'innocents épargnants. Tout le monde, dans le milieu, se rappelait le scandale. Mais avait-elle le choix ? Tout ce qu'elle risquait, c'était d'être reconduite à la porte si l'on apprenait qu'elle était la fille de David Waldsworth. À l'inverse, elle pouvait aussi emporter le contrat de l'année, et prouver sa valeur avant que son identité ne fût découverte. Son nom lui avait joué bien des tours avant qu'elle n'en change, comme lorsqu'elle avait trouvé le local de ses rêves, non loin de la librairie de sa future belle-sœur. Par miracle, l'espace était disponible. Jusqu'au moment où l'agent immobilier avait découvert qui était son père, et révélé que ses propres parents avaient perdu toutes leurs économies dans le Fonds Waldsworth.

Les yeux clos, Alexandra repoussa la bouffée de honte qui l'envahit. Puis elle se concentra sur le bouquet qu'elle avait apporté en guise d'échantillon. Selon Pamela, le groupe Pearson était sur le point d'organiser un brunch à la bibliothèque de New York, une série de repas à une adresse privée dans les Hamptons et une réception au Metropolitan Museum.

— Ils invitent des investisseurs pour les convaincre de devenir leurs clients, lui avait appris Pamela lorsqu'elles avaient diné ensemble, la semaine précédente. Nul ne sait qui se cache derrière le groupe Pearson et ils jouent de ce mystère. Ça marche, tout le monde parle d'eux.

Alexandra avait décidé de préparer un arrangement pour leur premier événement, le brunch. Elle avait créé une galette de roses blanches et d'hysope anisée, piquée de minuscules buissons de lavande. Le bouquet, élégant, reflétait la palette du printemps. Il n'attirerait pas l'œil et ne distrairait pas les convives de l'ordre du jour, mais un connaisseur remarquerait le savoir-faire de sa créatrice.

Du bout du doigt, Alexandra caressa une fleur. La texture soyeuse fit aussitôt remonter un souvenir à sa mémoire. Un parfum de violette, d'ambre et de cèdre, une peau veloutée, des lèvres sensuelles qui flottaient sur les siennes...

— Tu es sûre que c'est ce que tu veux ? avait demandé Grant.

Elle avait acquiescé avec ferveur. Malgré cela, il avait pris tout son temps, pour ne pas la brusquer, et elle lui en avait été reconnaissante. Jamais elle n'avait aimé un homme autant que lui.

D'un geste brusque, Alexandra relâcha la rose. Huit années et demie, neuf en septembre. En général, elle parvenait à ne pas repenser à cette époque. Peut-être les roses étaient-elles une mauvaise idée...

Elle songeait à réarranger son bouquet lorsque la porte de la salle de conférences s'ouvrit. La secrétaire qui l'avait accueillie, une femme mince comme un roseau, vêtue d'une jupe fourreau noire et d'un chemisier rouge, lui adressa un sourire froid.

— Si vous voulez bien me suivre.

Alexandra cala nerveusement une mèche derrière son oreille, intimidée par l'élégance de son interlocutrice. Voilà des années qu'elle se coupait les cheveux elle-même, sauf exception. Quant aux couleurs ou autres effets de style, ils appartenaient à une autre vie. Mais peut-être aurait-elle dû passer chez un coiffeur avant de se présenter à la directrice de l'événementiel du groupe Pearson, Laura Jones. Le portrait qu'un magazine de mode avait consacré à cette dernière montrait une femme impeccablement habillée, aux placards remplis des créations de grands couturiers. Alexandra s'en voulait à présent de ne pas avoir dépensé un peu d'argent dans une tenue plus raffinée.

Quel argent ?

— Vous serez reçue par notre P-DG.

Surprise, Alexandra fixa l'assistante.

— Votre P-DG ?

— Oui.

— Mais... et Mme Jones ?

— Elle est en formation à Shanghai cette semaine.

Alexandra déglutit, avant d'acquiescer. Parfait. Elle ferait son laïus au P-DG directement, même si elle ignorait pourquoi il avait du temps à perdre avec une humble fleuriste.

— Très bien. C'est gentil à lui de me recevoir.

L'autre haussa un sourcil méticuleusement épilé.

— Ce n'est pas « gentil ». Vous avez piqué sa curiosité.

— En bien, j'espère ?

— Je l'ignore. Vous avez cinq minutes, ajouta la secrétaire en regardant sa montre, un modèle en argent décoré de diamants. Par ici, mademoiselle Moss.

Après une dernière hésitation, Alexandra cala son portfolio sous son bras, prit son arrangement, puis emboîta le pas de la secrétaire. Cette dernière marchait à toute allure malgré ses talons vertigineux, forçant presque Alex à courir pour la suivre. Après avoir dépassé plusieurs bureaux offrant tous une vue spectaculaire sur la ville, elle s'arrêta devant une double-porte de noyer verni. Alex sentait son cœur battre la chamade, sans doute parce que l'avenir de son entreprise dépendait de cet entretien.

— Il vous attend, annonça l'assistante.

— D'accord. Merci. Oh ! et son nom ?

— Il vous le dira lui-même.

— Pardon ?

L'autre lui décocha un regard presque apitoyé, puis pivota et s'éloigna dans un cliquetis de talons. Lentement, Alexandra se tourna vers la porte. Du temps où elle s'appelait encore Alexandra Waldsworth, elle avait rencontré nombre de milliardaires aux lubies plus ou moins bizarres. Celui qui se tenait derrière cette porte en était sans doute un parmi d'autres. Mais elle eut beau tout faire pour se rassurer, ce fut avec une désagréable prémonition qu'elle frappa enfin.

— Entrez.

La voix étouffée, grave et veloutée, nuancée d'une pointe d'accent, l'enveloppa telle une brise. Elle ressemblait presque à celle de...

Concentre-toi.

Comme souvent, elle invoqua l'image de son père en tenue orange de prisonnier, son regard haineux lorsqu'elle l'avait vu pour la dernière fois. « Tu ne réussiras jamais ! avait-il hurlé lorsqu'elle l'avait quitté. Pas sans moi ! »

S'il avait cru briser sa confiance en elle, il s'était trompé. Enfin libre de son influence, Alex avait pris sa vie en main. Elle ne regrettait qu'une chose : de ne pas avoir eu cette révélation un an plus tôt, ce qui l'aurait empêchée de faire souffrir le seul homme qu'elle avait jamais aimé.

Concentre-toi, se répéta-t-elle. *Pense à l'avenir, maintenant.*

Elle poussa enfin la porte, un grand sourire aux lèvres.

— Bonjour. Merci de me recevoir...

Sa phrase se perdit dans un murmure quand elle aperçut l'homme assis derrière le bureau. Elle se figea et cligna plusieurs fois des yeux, se demandant si elle était en train de rêver.

Mais la vision ne se dissipa pas dans un nuage de fumée. Un homme large d'épaules, habillé dans un costume sur mesure, était assis derrière le plus grand bureau qu'elle avait jamais vu. Un homme qu'elle connaissait bien.

Son visage s'était endurci avec les ans. L'absence de barbe soulignait les angles de sa mâchoire et la ligne élégante de son nez. Ses cheveux, coupés court sur les côtés et plus long sur le dessus, étaient ramenés en un balayage impeccable sur son front – à croire qu'il sortait de chez le coiffeur. Renversé dans son fauteuil, il la fixait de ses yeux ambre, avec une telle intensité qu'Alex eut l'impression qu'on l'étudiait au microscope.

— Alexandra Waldsworth.

De nouveau, sa voix la caressa, parut s'infiltrer sous sa peau et rallumer un feu depuis longtemps éteint dans ses veines. Baissant les yeux, elle vit sa carte de visite posée devant son interlocuteur. Pourquoi avait-il accepté de la recevoir ? Pour le plaisir de la faire jeter dehors lui-même ?

— Mon nom est Moss, désormais, répondit-elle, surprise par la fermeté de sa voix.

— Oh. Tu as épousé l'un de tes riches prétendants ?

— Non. J'ai pris le nom de jeune fille de ma mère. Je ne m'appelle plus Waldsworth depuis des années.

— Aux dernières nouvelles, tu sortais avec le fils d'un magnat du pétrole. Il avait un nom de voiture...

— Royce.

L'autre haussa un sourcil interrogateur, mais Alex garda le silence. À quoi bon lui expliquer que son père avait insisté pour qu'elle fréquente Royce, afin de convaincre ses parents d'investir dans le Fonds Waldsworth ? Ou que la seule fois où Royce avait essayé de l'embrasser, il lui avait rappelé un chiot surexcité plutôt qu'un amant potentiel ?

— Ça n'a pas duré ?

— Non.

D'un geste, elle désigna la vue.

— Je vois que tu as réussi, Grant. Félicitations.

— Fondateur et P-DG du groupe Pearson, répondit-il avec un haussement d'épaules. Quant à toi, tu utilises maintenant un faux nom et tu vends des fleurs. On dirait que la chance a changé de camp...

Alex baissa les yeux, les joues brûlantes de honte. Elle méritait son mépris. Il l'avait toujours soutenue, aimée, encouragée. Et au moment crucial elle avait cédé à la pression psychologique de son père plutôt que de défendre l'homme qu'elle aimait.

Un homme qui, depuis cette époque, avait fait bien du chemin, songea-t-elle en étudiant les lieux. Derrière lui, une impressionnante bibliothèque abritait des livres d'économie, d'histoire, de politique, ainsi que diverses sculptures habilement placées, et des photos de Grant avec des personnalités de tous les milieux. Devant les baies qui donnaient sur Central Park, quelques fauteuils vintage étaient disposés devant une table basse.

— Je suis désolée, reprit-elle après un court instant. Si

j'avais su que tu étais à la tête du groupe Pearson, je ne t'aurais pas dérangé.

Elle déposa son bouquet sur le bureau et ajouta :

— Avec mes compliments. Encore navrée de t'avoir dérangé. Je connais le chemin.

Elle tourna les talons et s'éloigna sans un mot, comme la dernière fois qu'elle l'avait vu. Et comme la dernière fois des larmes lui brûlaient les yeux. La différence était qu'aujourd'hui elle ne luttait pas contre un violent désir de se retourner et de se jeter dans ses bras. Non, elle voulait partir, et le plus vite possible.

Elle venait d'agripper la poignée lorsque la voix de Grant résonna dans son dos.

— Il te reste deux minutes.

Au prix d'un immense effort de volonté, Alexandra pivota pour lui faire face.

— Pardon ?

D'un geste, il désigna l'arrangement floral.

— J'ai dit à Jessica, mon assistante, que tu avais cinq minutes. Il t'en reste donc deux pour faire l'article de ce que tu veux me vendre. Tu espères me convaincre d'investir dans l'horticulture ?

Alexandra revint vers lui, galvanisée par la colère qui montait en elle. Sa plus grande passion était les fleurs. Sa mère la lui avait communiquée avant son décès, et les deux avaient passé de nombreuses heures à créer des bouquets qui, en sus d'être agréables à l'œil, avaient une signification. Le seul point positif de la faillite de son père était de lui avoir permis de se consacrer à ce qu'elle aimait vraiment. Sans ce drame, elle n'aurait peut-être jamais découvert sa vocation.

— Les fleurs que tu vois là sont des hysopes sauvages, natives de l'État de New York.

— Très bien. Et pourquoi m'as-tu apporté des fleurs sauvages ?

Après une hésitation, Alexandra tira sa proposition de

son portfolio et la déposa devant lui, se retenant de justesse de faire ensuite un grand pas en arrière. Il posa une main bronzée sur le papier, sans la quitter un instant des yeux.

— Tu démarches de nouveaux clients pour les convaincre de signer avec Pearson, murmura-t-elle.

Pas un geste, pas le moindre tic sur son visage figé, n'accueillirent sa remarque. Ce même visage, autrefois, qu'elle avait lu comme un livre ouvert.

— Comment es-tu parvenue à cette conclusion ? demanda-t-il enfin.

— Selon la rumeur, tu organises plusieurs repas, dans deux semaines, pour impressionner les clients en question. Et je peux t'y aider.

— J'aimerais savoir qui a été assez indiscret pour te communiquer cette information. Mais plus encore, j'aimerais savoir comment tes plantes me seront d'une quelconque utilité.

— Les arrangements floraux, en milieu professionnel, ont un effet prouvé sur les niveaux d'attention et de disponibilité intellectuelle des participants. J'ai appris que tu venais d'arriver de Los Angeles. Inclure une fleur locale constituera donc un signal subtil mais bien réel, une preuve que tu fais attention aux moindres détails, que tu te soucies de tes clients et que tu n'es pas là juste pour engranger leur argent.

— Et tu penses que mes clients feront la différence entre une hysope et une jonquille ?

— Oui, grâce aux cartes descriptives que je laisse dans chaque arrangement, détaillant le concept qui a présidé à sa création.

Les yeux plissés, Grant la soumit à un examen silencieux. De nouveau, Alexandra dut faire appel à toute sa volonté pour ne pas prendre ses jambes à son cou.

— Depuis combien de temps es-tu en activité ?

— Six mois.

— Et pourquoi te ferais-je passer avant un fleuriste plus expérimenté ?

Prenant soin de ne pas le toucher, Alexandra tapota la proposition qu'elle avait déposée devant lui.

— Mes tarifs sont très compétitifs. Et j'ai travaillé pendant cinq ans chez les meilleurs fleuristes de la côte Est. Enfin, et surtout, je propose des arrangements uniques.

— Je vois ça.

Alexandra n'aurait su dire si la remarque était un compliment ou une insulte. Franchement, elle s'en moquait. Elle savait qu'elle avait bien travaillé.

— Je serais heureuse de te fournir les arrangements dont tu as besoin, déclara-t-elle d'un ton neutre. Tu as mon numéro, si tu as d'autres questions.

Grant baissa les yeux sur son devis, et elle en profita pour se diriger vers la porte. Ses cinq minutes étaient écoulées. Il n'avait pas appelé la sécurité, ne l'avait pas insultée. L'entretien, tout bien considéré, ne s'était pas si mal passé. Il lui servirait de répétition pour son prochain client.

— Pourquoi devrais-je t'embaucher, après la façon dont notre dernière... association a pris fin ?

Alexandra faillit trébucher sous l'effet de la surprise. La question, sans nul doute, était formulée pour la faire souffrir. Mais elle ne pouvait pas lui en vouloir. Elle l'avait blessé et devait en payer le prix.

Lentement, elle se retourna vers lui.

— Je suis une excellente fleuriste. Mes clients sont satisfaits. Mais je comprends bien entendu tes objections, vu la manière dont nous nous sommes séparés. Si tu ne peux pas l'oublier, alors il vaut mieux que tu ne m'embauches pas. Merci de m'avoir consacré un peu de ton temps.

Cette fois, elle parvint à sortir avant qu'il pût répondre. D'un pas d'automate, elle remonta le couloir, dépassa l'assistante de Grant, qui lui adressa un simple signe de tête, et s'engouffra dans l'ascenseur. Lorsque la cabine se mit en branle, Alexandra s'affaissa enfin contre une paroi, les yeux clos. De tous les clients potentiels de la ville, il avait fallu qu'elle tombât sur

Grant Santos. L'homme qu'elle avait aimé, l'homme qui l'avait aimée en retour, jusqu'au moment où elle avait laissé son père gâcher leurs chances de bonheur. L'homme, surtout, qui avait engendré leur enfant, ce dont elle n'avait pris conscience que quelques semaines après leur rupture.

Elle ferma plus farouchement les paupières, résistant à l'envie de s'asseoir dans l'ascenseur. Une minute plus tard, elle émergea du Carlson d'une démarche titubante et héla un taxi, se demandant si elle avait commis une erreur en choisissant de travailler à New York. Peut-être aurait-elle dû changer de ville, ou même d'État.

Ici, malgré tous ses efforts, son passé semblait bien décidé à la rattraper...

2

Sur l'écran de son circuit de sécurité, Grant Santos vit Alexandra Waldsworth – ou Moss, ou quel que fût son nom – traverser la réception et s'engouffrer dans l'ascenseur. Elle regardait droit devant elle quand les portes se refermèrent sur elle, agrippant son portfolio comme une bouée de sauvetage.

Comment pouvait-il éprouver la moindre compassion pour celle qui lui avait brisé le cœur et avait orchestré son renvoi bien des années auparavant ? Car oui, c'était bien de la compassion qu'il ressentait lorsqu'il étudiait son devis. Alexandra avait sacrément dévalé la pente depuis leur dernière rencontre. Elle était toujours séduisante – *trop* séduisante – en chemisier crème et pantalon émeraude, mais il avait compris d'un coup d'œil qu'elle ne faisait plus ses courses chez Chanel ou chez Saint Laurent.

Lorsqu'il l'avait vue pour la première fois, neuf ans plus tôt, elle lui avait évoqué une nymphe, avec ses dents blanches et son teint parfaitement hâlé. Après qu'il lui avait demandé si elle était jardinière, elle avait éclaté de rire. Supposition compréhensible, avait-elle répondu en se levant, vu qu'il l'avait trouvée à quatre pattes sur le gazon, qui arrachait des mauvaises herbes. Ils avaient passé deux jours à marcher de long en large dans le parc, deux jours au bout desquels elle lui avait enfin révélé son nom, et le fait que son père n'était autre que l'homme qui avait engagé Grant comme paysagiste. Se serait-il interdit de tomber amoureux d'elle, s'il avait su plus tôt qui elle était ? Impossible à dire.

S'arrachant à ses réflexions, il appuya sur un bouton situé sous son bureau.

— Est-ce que le rapport est prêt, Jessica ?

— Oui. Je vous l'envoie tout de suite.

— Donnez-moi cinq minutes pour l'étudier, puis venez me voir.

— Bien, monsieur.

Tandis qu'il attendait le courriel de sa secrétaire, il se remit à son ordinateur et agrandit la fenêtre qu'il avait réduite en entendant Alexandra entrer. La page « Qui sommes-nous ? » était illustrée d'une photo d'elle en jean et débardeur jaune, le visage barré d'un large sourire. Elle portait un pot de terre dont débordait un buisson de fleurs blanches.

Lorsqu'il avait compris qui se cachait derrière Alexandra Moss, lorsqu'il avait découvert cette image sur son site, un rugissement lointain avait empli ses oreilles. Il ne l'avait pas vue depuis des années, mais ce n'était pas cette irruption du passé dans son quotidien qui l'avait le plus troublé : c'était qu'elle avait l'air heureuse, sans ce sourire factice qu'elle arborait quand elle saluait les invités lors des soirées organisées par son père.

Quel jeu jouait-elle, en faisant soudain irruption dans sa vie après tout ce temps ? Elle s'était débrouillée pour obtenir le nom de Laura Jones, sa directrice de l'événementiel, mais également la liste des déjeuners et dîners qu'il avait organisés pour séduire de nouveaux clients. Il la savait assez retorse pour avoir une idée derrière la tête. Son changement de nom, pour commencer, avait de quoi mettre la puce à l'oreille.

Bien sûr, concéda-t-il en son for intérieur, un tel changement pouvait s'expliquer par le désir de rompre toute association avec son père. David Waldsworth avait été accusé de multiples crimes allant du détournement de fonds à la subordination de témoins. Grant connaissait les détails du procès – impossible de l'éviter sur les chaînes d'information. Par une belle journée de printemps, il avait même regardé le verdict : coupable sur tous les chefs. David Waldsworth passerait le reste de sa vie en prison. Il n'avait pas attendu, lorsque la caméra avait pivoté vers le public, de voir si Alexandra s'y trouvait, le visage baigné de larmes de crocodile.

Il aurait juré, jusqu'à ce matin, qu'elle faisait partie de son passé. Puis elle était entrée dans son bureau de son air le plus innocent, comme si de rien n'était. Mais il n'était pas stupide. Lorsqu'il avait compris qui elle était, en faisant une recherche peu avant son arrivée, il avait ordonné à Jessica de la faire patienter, et avait appelé le cabinet de détectives qu'il employait régulièrement pour leur demander un rapport complet sur elle.

Ses propres recherches sur Internet ne lui avaient pas appris grand-chose. Il n'avait trouvé que son site, une page Instagram pour sa boutique et, bien entendu, les vieux articles relatifs au scandale. Il avait éprouvé une certaine satisfaction en parcourant les détails de la chute de David Waldsworth. Toutes ses maisons avaient été vendues pour dédommager les victimes. Susan, l'épouse de David, avait demandé le divorce et été autorisée à conserver un demi-million de dollars. Une fortune pour la plupart, mais d'après ce que Grant se rappelait, l'équivalent de ce qu'elle devait dépenser en un an. Quant à la fille de David et à son beau-fils, Finley – un gosse gâté qui rendait la vie impossible à Alexandra – les articles n'en faisaient pas mention.

Alexandra.

Un mois après leur rencontre, elle l'avait dévisagé d'un air de dégoût, et renié devant son père. Il revivait, depuis, le moindre des instants qu'ils avaient passés ensemble : leur rencontre dans les jardins de sa résidence au bord de la mer dans les Hamptons, le premier baiser qu'ils avaient échangé au sommet de la grande roue, dans une fête foraine, le moment où il avait su, tandis que son cœur battait au rythme de l'océan tout proche, qu'il était amoureux d'elle. Il ne comprenait toujours pas ce qui avait pu se passer entre leur dernière nuit ensemble, où ils avaient fait l'amour sur la plage, et leur rupture le lendemain.

Malgré le temps écoulé, un sentiment d'humiliation lui brûlait encore le ventre. Il répugnait à l'admettre, mais il avait guetté un message de sa part dans les mois suivants, l'aveu d'une erreur ou d'un malentendu. Ce n'était que lorsqu'il l'avait vue, sur Internet, au bras d'un crétin sorti d'une grande université américaine, qu'il avait compris que tout était bien fini. Leur relation n'avait été qu'une amourette de vacances.

« Tu n'es qu'un jardinier, Grant. Je suis une Waldsworth. Nous nous sommes bien amusés, restons-en là. »

Grant avait réprimé une furieuse envie de retrouver le type qui avait osé passer un bras autour de la taille d'Alexandra. Puis il avait décidé de la purger de son esprit une bonne fois pour toutes. Il s'était jeté tête baissée dans ses études, avait été accepté à Stanford. Il s'était envolé pour la Californie la semaine avant Noël. Depuis cette date, il ne s'autorisait à penser à elle qu'une fois par an exactement, pour Labor Day, le jour où ils avaient rompu. Sans cet événement, si douloureux fût-il, il n'aurait certainement pas connu le succès qui était le sien. La trahison d'Alexandra l'avait poussé à se concentrer sur d'autres buts, comme de s'enrichir assez pour que sa mère et lui n'eussent plus jamais à connaître les angoisses de la pauvreté. Ou comme de venger son père et de leur permettre de revenir dans leur pays. Et maintenant, de devenir ce dont ni Alexandra ni David Waldsworth ne l'avaient cru capable : un membre de la haute société new-yorkaise.

Grant tressaillit quand son ordinateur émit une alerte sonore. D'un clic de souris, il ouvrit le rapport préliminaire qu'il venait de recevoir. Wayne Security, de nouveau, démontrait qu'ils méritaient amplement les fortunes qu'il leur versait. Le rapport faisait dix pages et Joseph, le président de la société, lui promettait la version finale dans les vingt-quatre heures. La Campanule était une entreprise légitime, enregistrée au registre du commerce, mais ses comptes montraient qu'Alexandra était au bord de la faillite. Le magasin se trouvait dans un quartier défavorisé de la ville, et l'adresse personnelle de sa propriétaire correspondait à un studio situé à l'arrière d'une librairie non loin. Le reste du dossier indiquait qu'elle avait travaillé chez d'autres fleuristes et occupé divers petits boulots depuis qu'elle avait obtenu son diplôme d'une université publique au lieu de Princeton. Oui, elle avait vraiment des ennuis.

Grant baissa les yeux vers son devis et secoua la tête avec incrédulité. Il avait envisagé bien des façons dont elle pourrait revenir dans sa vie, mais pas celle-là. Que complotait-elle ? se demanda-t-il de nouveau. Espérait-elle qu'il renflouerait son commerce ? Comment, d'ailleurs, avait-elle su qu'il organisait ces événements top-secret ? Il lui faudrait mener l'enquête pour découvrir qui avait parlé.

Les yeux dans le vide, il songea à la manière dont Alexandra avait avancé vers son bureau. Menton relevé, torse bombé, le regard brillant de confiance. Le petit laïus qu'elle lui avait servi pour le convaincre de l'embaucher l'avait impressionné. Pour couronner le tout, ses prix étaient compétitifs et elle semblait s'y connaître en fleurs. Son devis était d'un professionnalisme impeccable.

Rien de surprenant, songea-t-il avec un pincement d'admiration involontaire. Il se rappelait encore la première fois qu'il l'avait vue, ses cheveux blonds rassemblés sous un chapeau de paille, vêtue d'un débardeur de coton jaune et d'un short, occupée à désherber un parterre de roses. Lorsqu'elle avait levé la tête et lui avait décoché un sourire, il était tombé instantanément sous son charme.

Mais il était aujourd'hui plus vieux, moins naïf, et il ferma son cœur à l'assaut des souvenirs. Rien de tout cela, à part peut-être leur incroyable alchimie sexuelle, n'avait été réel. Et il avait fait de grands progrès sur la voie de la guérison, lorsqu'il avait compris qu'Alexandra s'était servie de lui avant de l'abandonner. Il avait passé son diplôme universitaire, gagné son premier million avant ses trente-cinq ans. S'il jouait bien les cartes qu'il avait en main, le groupe Pearson serait bientôt l'un des plus importants fonds d'investissement de la côte Est. Les plus grosses familles de la région avaient répondu favorablement à son invitation, et c'était bon signe.

Son regard revint vers l'arrangement floral resté sur son bureau - du bel ouvrage, il devait le reconnaître. Si l'on oubliait la personne qui lui avait fait la proposition, elle était tentante. Après tout, que risquait-il à l'embaucher ? Il ferait d'une pierre deux coups. Alexandra ajouterait une touche de classe aux événements qu'il organisait, et il lui montrerait ce qu'elle avait perdu en le repoussant. L'orgueilleuse jeune femme d'autrefois devrait lui obéir au doigt et à l'œil, tandis qu'il dînerait coude à coude avec ceux-là mêmes qu'elle fréquentait autrefois. Une vengeance qui pouvait sembler mesquine, mais il n'avait qu'à songer à l'humiliation qu'elle lui avait infligée pour sentir son cœur s'endurcir. Il avait désormais tout ce qu'un homme pouvait désirer, et ne se priverait pas de le lui faire savoir.

Pas mal pour un simple jardinier.

D'un geste brusque, il enfonça le bouton qui le mettait en communication avec sa secrétaire.

— Oui, monsieur Santos ?

— Demandez à Laura Jones d'obtenir trois nouveaux devis de fleuristes, pour des prestations similaires à ce que nous propose Mlle Waldsworth.

— Waldsworth ?

— Pardon, Mlle Moss, corrigea Grant. Je veux les devis avant 17 heures.

— Très bien.

Du bout des doigts, Grant pianota sur son bureau. Tout d'un coup, il se sentait de bonne humeur. Alexandra n'avait plus la moindre chance de le faire souffrir. C'était lui, enfin, qui avait la haute main.

3

Morose, Alexandra fixait son verre de vin. Un air de jazz se mêlait au cliquetis des couverts et au brouhaha des conversations. Une pluie fine battait la vitrine de la librairie, révélant une foule pressée, courbée contre les éléments. Malgré l'atmosphère chaleureuse de l'espace café où elle déjeunait en compagnie de Finn, Alexandra avait le moral en berne.

— Qu'est-ce qui te tracasse ?

Tout en étudiant son demi-frère, Alexandra but une gorgée de vin. Difficile d'imaginer que le garçon qui l'avait presque ignorée durant toute son adolescence était devenu son meilleur ami. Ou qu'il tomberait amoureux d'une libraire plutôt que d'une fille richissime.

En temps normal, elle adorait boire un verre ou feuilleter des livres dans la boutique de sa future belle-sœur, mais elle ne pouvait s'empêcher de penser à Grant. À Grant et à la façon méprisante dont il l'avait étudiée, à son rictus dédaigneux, à ses épaules plus larges encore que lors de leur dernière rencontre, lorsqu'il lui avait soufflé des mots doux, en portugais, à l'oreille. Comment avait-elle pu croire, un seul instant, qu'elle avait oublié toute l'affaire ? La douleur était aussi intense, pour ne pas dire plus, que le jour où elle lui avait ri au nez et annoncé qu'elle ne pouvait pas continuer à fréquenter un simple jardinier.

Oui, songea-t-elle en avalant une nouvelle gorgée de vin,

je mérite son mépris. Je ne pensais pas un mot de ce que je lui ai dit autrefois, mais comment pourrait-il le savoir ?

— Rien, répondit-elle enfin. Rien du tout.

Avec un sourire, Finn se pencha pour poser une main sur son verre.

— Si ton but est de t'enivrer, Amanda a un délicieux porto en réserve.

Malgré elle, Alexandra sourit. Il était difficile de réconcilier le jeune homme assis en face d'elle, en jean et polo noir brodé au logo de la librairie, avec Finley Waldsworth, diplômé de Princeton, séducteur invétéré, adopté par David Waldworth lui-même pour « avoir enfin un fils ». Aujourd'hui, il était simplement Finn Davids, professeur d'économie au lycée public, fiancé à la propriétaire de la librairie-café du quartier.

Reprenant son sérieux, Finn déplaça la main de son verre sur son poignet.

— Amanda et moi pouvons te prêter de l'argent, Alex.

— Absolument pas. Vous avez un mariage à financer, une maison à acheter et peut-être, un jour, un ou plusieurs enfants à nourrir.

Le regard de Finn s'éclaira et dériva vers la jeune femme blonde qui se tenait derrière la caisse. Alexandra se demanda si la légère jalousie qu'elle éprouvait, devant un bonheur aussi évident, faisait d'elle une mauvaise sœur.

— Et ton idée de vendre tes services aux clients de Pamela ? demanda son demi-frère. Tu en es où ?

— Justement, j'en ai vu un ce matin.

— Ah ?

Au même moment, Amanda les rejoignit et déposa une assiette de fromages devant Alex. Puis elle s'assit à côté de Finn.

— Alors, tu as décroché un contrat ? demanda-t-elle avec excitation.

— Pas exactement. C'était Grant Santos.

Finn, à cette nouvelle, faillit s'étrangler.

— Qui est Grant ? s'enquit Amanda.

Alex jeta un regard suppliant à son demi-frère. Elle considérait Amanda comme une amie, mais n'avait pas envie de se replonger dans une histoire pénible et tumultueuse.

— Grant était... le petit ami d'Alexandra, expliqua enfin Finn. Mon beau-père les a forcés à rompre après un été quand elle avait dix-neuf ans.

Le visage enjoué d'Amanda s'assombrit – elle ne faisait pas mystère de sa haine pour David Waldsworth. Depuis sa prison, ce dernier avait écrit à Finn à plusieurs reprises pour lui enjoindre de quitter Amanda et de se trouver une épouse plus aisée. Que Finn et Amanda fussent heureux, amoureux l'un de l'autre, ne comptait pas pour lui.

— Ce vieux salaud, murmura-telle. Excusez-moi, j'ai quelqu'un à la caisse...

Elle se leva, étreignit affectueusement Alex, puis s'éloigna.

— Tu as vraiment de la chance, Finn...

— Je sais. Mais n'essaie pas de changer de sujet. Que s'est-il passé ?

— Grant a réussi dans la vie. Il est à la tête d'un fonds d'investissement, le groupe Pearson, qui s'installe à New York.

— Bien sûr, répondit Finn après avoir laissé échapper un sifflement. J'ai entendu parler d'eux. Grant est derrière Pearson ?

— Oui. Je te l'ai dit : il a réussi.

— Je vois ça. T'a-t-il engagée ? A-t-il été aimable ?

— Non, et « glacial » serait une meilleure description de son comportement.

— S'il savait ce que tu as vécu...

— Justement, il n'en sait rien et n'en saura jamais rien. Il ne sert à rien de ressasser le passé. J'ai fait un choix, celui de laisser mon père me dicter ma conduite. J'ai dit des choses horribles et je l'ai fait renvoyer.

— Sauf que ton père menaçait de faire expulser Grant et sa mère si tu continuais de les voir ! Puis tu es tombée encein...

— Finn !

Son demi-frère suspendit sa phrase, les yeux plissés, une veine battant sur sa tempe. Il était le seul, à part les infirmières et le médecin des urgences, à savoir ce qui s'était passé cette fatidique soirée d'octobre, lorsqu'elle avait été prise d'affreuses crampes et de saignements après des semaines de fatigue. C'était Finn qui lui avait tenu la main tandis que le médecin lui expliquait qu'il s'agissait d'une fausse couche. Il était resté avec elle à l'hôpital, s'était occupé d'elle à son retour et lui avait inventé des excuses quand David et Susan étaient revenus de vacances.

Il s'était agi du deuxième moment le plus difficile de sa vie. Mais c'était cette tragédie qui avait permis un tournant dans sa relation avec son demi-frère. Elle les avait rapprochés, et Finn avait mûri en l'espace d'une seule nuit. Quand David avait été arrêté, quelques mois plus tard, ils avaient au moins pu se raccrocher l'un à l'autre.

— Je ne connaissais pas bien Grant, mais il m'a toujours semblé avoir la tête sur les épaules. Et il était vraiment amoureux de toi, Alex. Je continue de penser que tu pourrais lui dire ce qui s'est passé.

— Non, Finn. De toute façon, je ne le reverrai sans doute jamais.

— Bonsoir, Alexandra.

La voix, grave et veloutée, perça sans effort le brouhaha du café. Alex ferma les yeux, se demandant une nouvelle fois si elle était en train de rêver.

— Désolé d'interrompre ton rendez-vous.

Elle se tourna enfin, levant les yeux vers Grant Santos. Il ne portait plus de costume, mais un pull de cachemire ivoire et un jean. Une montre hors de prix brillait à son poignet. Il tenait sa veste d'un doigt, négligemment jetée sur son épaule.

— Grant. Qu'est-ce que tu fais là ?

L'intéressé baissa les yeux vers la main de Finn, posée sur la sienne, avant de répondre :

— Je venais discuter affaires. Mais je vois que je te surprends au mauvais moment.

Finn se leva aussitôt, main tendue.

— Ça fait longtemps, Grant.

L'intéressé plissa les yeux, intrigué, avant de les écarquiller légèrement.

— Pardon, Finley, je ne t'avais pas reconnu.

— Sans doute parce que je ne suis pas le gamin coincé et insupportable d'autrefois.

Sans se dérider, Grant acquiesça.

— Sans doute.

— Toujours aussi loquace, observa Finn en gloussant.

Au même instant, une femme aux cheveux blancs, voûtée, lui tapa sur l'épaule.

— Excusez-moi, jeune homme. J'ai besoin d'aide pour trouver un ouvrage, et je vois que vous travaillez ici...

— Bien sûr, madame, j'arrive tout de suite.

Finn adressa un signe de tête à Grant avant de s'éloigner.

— Sois gentil avec ma sœur.

De nouveau, Grant resta de marbre. Il suivit Finn des yeux, et Alexandra en profita pour l'observer. Quelques cheveux argentés nuançaient çà et là son épaisse chevelure noire, ainsi que la barbe qui repoussait déjà sur ses joues. Le cœur lourd, elle détourna le regard. Où en seraient-ils, aujourd'hui, si elle lui avait avoué la vérité ? Si elle n'avait pas laissé ses propres craintes l'emporter sur l'amour qu'elle éprouvait ? Si elle avait tenu tête à son père ?

Une nouvelle vague de honte lui brûla les joues. En perdant Grant, elle avait payé le prix de sa lâcheté. Mais, après avoir laissé son père guider sa vie, comment s'opposer à lui du jour au lendemain ? Même lorsqu'elle avait entendu les premières rumeurs sur ses malversations, elle n'avait pas osé se confronter à lui. Il lui semblait avoir une dette envers le monde entier, qu'elle avait fait de son mieux pour rembourser, renonçant à toute forme de luxe, faisant des dons aux organisations de soutien aux victimes de son père.

Elle se prépara mentalement à affronter Grant avant de lever enfin les yeux. Elle avait lu, autrefois, un amour infini sur son visage, une expression de constant émerveillement. L'espace d'un instant, elle crut entr'apercevoir cette vieille flamme, mais elle avait dû l'imaginer : les yeux de son compagnon avaient l'éclat de la glace.

— Je ne m'attendais pas à te voir dans un endroit pareil, observa-t-elle.

— Moi non plus. Surtout pas en compagnie de Finn.

Sourcil levé, Grant étudia les hautes étagères, les fauteuils aux accoudoirs usés et colorés où n'importe qui pouvait s'installer pour lire, puis les portes de verre conduisant à un patio que Finn avait rénové pour Amanda. Aux beaux jours, l'endroit se garnissait de tables, de chaises et de coussins où les habitués adoraient s'installer. Amanda et Alexandra avaient également prévu d'y planter des fleurs et d'installer une scène de concert. La librairie était bourrée de charme, mais ne ressemblait en rien aux établissements de luxe qu'elle avait fréquentés avec son père et ses diverses petites amies au fil des ans.

— Comment m'as-tu trouvée ?

— Je me suis rendu à ton magasin. Il était fermé, mais la société qui s'occupe de ma sécurité m'a fourni ton adresse. Je t'ai aperçue à travers la vitrine en me garant, dit-il en désignant une limousine stationnée de l'autre côté de la rue. Comment se fait-il que Finn dirige une libraire ?

— Elle appartient à la famille de sa fiancée. Finn est professeur au lycée du coin.

— Je n'aurais jamais imaginé Finley Waldsworth fiancé à une libraire. Ou dans le rôle d'enseignant.

— Il s'appelle Finn Davids, maintenant. Il a repris le nom de son père biologique. Amanda et lui sont très heureux.

Grant la dévisagea un long moment, l'air songeur, avant de demander :

— Et toi ? Tu es heureuse ?

Pour cacher sa surprise, Alex plongea le nez dans son verre, troublée par le regard intense qu'il posait sur elle.

— Je le suis, répondit-elle enfin.

Au sourire qu'il lui décocha, elle comprit qu'il n'en croyait pas un mot.

— Pas trop déçue par ton niveau de vie ?

Sourcils froncés, elle reposa son verre plus sèchement que nécessaire, manquant renverser son contenu sur la nappe.

— Tu crois donc que je suis à ce point snob ?

— « Plutôt mourir que d'être vue avec un simple jardinier. »

En entendant les mots mêmes qu'elle lui avait jetés à la figure, bien des années auparavant, Alexandra sentit sa gorge se nouer. Elle s'était montrée cruelle, impitoyable, tout en surveillant son père du coin de l'œil pour le convaincre de sa sincérité. C'était le seul moyen de protéger Grant et sa mère.

— J'ai changé, depuis cette époque.

— Je vois ça.

Alexandra ferma les yeux, tentant de rassembler ce qu'il lui restait de forces. Quelle importance si Grant la voyait à genoux, presque vaincue ? Il la détestait, elle n'avait nul besoin de l'impressionner. Jamais elle ne changerait l'opinion qu'il avait d'elle.

— Je suis désolée. Je sais que je t'ai fait souffrir.

— En effet.

Sa voix resta froide, dénuée de la moindre émotion. Il confirmait un simple fait. *Je l'ai fait parce que je t'aimais*, songea Alex.

— Ce sera peut-être difficile à croire, reprit-elle, mais je suis contente pour toi. Et malgré les difficultés de mon petit commerce, je n'ai jamais été si heureuse.

Sans lui laisser le temps de répondre, elle se leva.

— À présent, à moins que tu n'aies quelque chose à dire,

je vais te laisser et te souhaiter une bonne soirée. J'ai une journée chargée demain et...

— Le groupe Pearson a décidé d'accepter ta proposition et de faire appel à tes services.

4

Grant vit Alexandra s'adosser lentement à sa chaise, les yeux écarquillés par la surprise.

— Tu veux m'embaucher ? demanda-t-elle enfin.

Il hésita un court instant, se demandant s'il faisait le bon choix. Lorsqu'il était entré dans la librairie, lorsqu'il avait vu Alexandra en compagnie d'un homme – un homme qui lui tenait la main ! – il avait été pris d'une bouffée de jalousie inattendue. De la *jalousie*, lui ! Aucune de ses compagnes, ces dernières années, n'avait suscité cette émotion en lui. Pas même Lindsay, une photographe qui l'avait plaqué pour un autre lors d'un voyage à Madagascar. Grant se targuait d'avoir la tête sur les épaules. Une de perdue, dix de retrouvées.

Pourquoi, en avisant sa mine triste, avait-il été pris d'une irrépressible envie de la consoler ? De la ramener chez lui et de la supplier de lui offrir les explications qu'il n'avait jamais eues ? Il mit fin à ce train de pensées, furieux contre lui-même. Après toutes ces années, il cherchait encore des réponses qui étaient pourtant là, juste sous ses yeux. Alexandra avait été une fille gâtée, pourrie jusqu'à l'os, qui s'était servi de lui le temps d'un été. Après s'être amusée, elle avait décidé d'en rester là et de reprendre le cours de sa vie. Une vie qui n'incluait pas « un simple jardinier ».

— Tu veux m'embaucher ? répéta-t-elle.

Grant retint une grimace – il avait espéré un peu plus de gratitude, raison pour laquelle il avait décidé de lui annoncer la nouvelle en personne. Loin de se répandre en remerciements, la jeune femme le dévisageait d'un air presque soupçonneux.

— Oui.

— Pourquoi ?

Au prix d'un gros effort, Grant réprima son irritation.

— Parce que ton devis était compétitif, et ton arrangement très réussi. Notre directrice de l'événementiel, Laura Jones, a demandé trois devis concurrents. Le premier n'est jamais arrivé, le deuxième nous a proposé un bouquet de supermarché, le troisième un travail du même niveau que le tien, encore que différent, et surtout trois fois plus cher. Mme Jones a été, tout comme moi, impressionnée par ton talent et ta proposition. Voilà pourquoi.

Il était sincère, même s'il était motivé par d'autres raisons. Aussi douce que fût sa vengeance, il n'était pas fou au point de mettre ses affaires en péril.

— Je n'arrive pas à croire que Mme Jones m'ait choisie, murmura-t-elle.

Face à son expression d'innocence émerveillée, Grant sentit sa colère renaître. Alex méritait un Oscar, ou un rôle-titre à Broadway. C'était exactement avec cette même expression, avec cette fausse ingénuité, qu'elle l'avait séduit. Mais cette fois, lorsque leur association prendrait fin, ce serait *elle* qui partirait avec des regrets.

— Si tu n'as pas confiance en toi, tu n'es peut-être pas le bon choix, murmura-t-il, amorçant un mouvement pour se lever.

— Attends !

Grant réprima un sourire, satisfait de son coup de bluff. Il fit mine d'hésiter, puis se rassit lentement.

— J'ai confiance en moi, déclara Alexandra. C'est juste que... vu notre passé, je m'étonne que tu veuilles travailler avec moi.

— Ton père et toi m'avez appris une chose précieuse : à dissocier émotions et affaires.

Il ignora son expression blessée, ainsi que le pincement de culpabilité qui le saisit, et enchaîna :

— Tu m'as présenté un projet de qualité et compétitif. Tu étais donc le meilleur choix.

— Très bien.

Elle acquiesça, et une mèche blonde lui tomba sur l'épaule. Il avait autrefois fait courir ses doigts dans ses cheveux, savouré leur caresse soyeuse contre sa peau. Grant serra les poings sur la table, luttant contre un désir malvenu. Il était en manque, voilà tout. Il n'avait pas fait l'amour depuis de nombreux mois – la dernière fois qu'il avait vu Lindsay, exactement. Sa réaction était donc tout à fait normale, face à une femme qui lui évoquait d'agréables souvenirs.

Agréables ? ricana une voix intérieure. *Tu veux dire que tu n'as jamais connu un plaisir pareil dans les bras d'une autre ?*

— Je suis désolée, reprit Alexandra avec un sourire. Ces dernières semaines ont été difficiles. J'apprécie ta confiance et me réjouis à la perspective de travailler avec le groupe Pearson.

Sur ces mots, elle lui tendit la main. Grant hésita un instant, puis se força à la prendre. Il perçut les cals qui trahissaient un métier manuel, la chaleur de sa peau, la douceur de son sourire. Le tout se mêla en un chant des sirènes qui l'attira irrésistiblement vers leur passé commun.

Non.

Il la relâcha pour sortir son téléphone, sur lequel il fit mine d'étudier ses messages le temps de reprendre ses esprits.

— Je demande à Jessica d'organiser un rendez-vous pour discuter des événements que nous avons prévus. Même si ta taupe t'a sans doute donné des détails, je préfère que les informations, dorénavant, viennent de moi.

Tout en parlant, il lui décocha un regard qu'il avait appris d'un vieux professeur de finances à Stanford. À son grand dam, cette tactique d'intimidation ne parut pas produire le moindre effet sur Alexandra, qui lui retourna un sourire affable.

— Tu n'as pas mieux à faire que de mettre les mains dans

le cambouis ? demanda-t-elle. Je pensais travailler avec Mme Jones, pas avec le P-DG du groupe Pearson.

— C'est ce que tu ferais en temps normal. Mais l'équipe est en déplacement à Shanghai et ne rentre que deux jours avant le premier événement. D'ici là, tu travailleras donc avec Jessica et moi.

— Tu ne me fais pas confiance, n'est-ce pas ?

Les mots furent prononcés si doucement qu'ils furent presque noyés dans le brouhaha des conversations. Alexandra avait l'air triste, un petit numéro auquel il aurait peut-être succombé s'il ne l'avait pas vue faire l'amour comme si sa vie en dépendait, et lui annoncer moins de vingt-quatre heures plus tard que tout était fini entre eux. Jamais il n'avait rencontré une actrice si convaincante.

— Non, répondit-il. Je ne te fais pas confiance. Mais peu importe. Tout ce qui m'intéresse, c'est ton talent.

Au crédit d'Alexandra, elle ne se mit pas à pleurer, ne se chercha pas d'excuses. Elle se contenta d'acquiescer.

— Très bien.

Grant aurait préféré la voir se défendre. Le calme de la jeune femme lui déroba une partie de sa colère, laissant place à une intense nostalgie de ce qu'ils avaient vécu. Ou de ce qu'il *croyait* avoir vécu.

— Une fois tes prestations terminées, si j'en suis entièrement satisfait, tu auras droit à un bonus de cinquante pour cent, ajouta-t-il sèchement.

Le but de cette annonce était de lui faire comprendre que l'argent ne comptait pas pour lui. Sa fortune atteindrait le milliard avant la fin de l'année, sans même prendre en compte la croissance potentielle du groupe Pearson. Mais lorsqu'il vit une lueur de gratitude infuser son regard, un sentiment de culpabilité s'empara de nouveau de lui.

Il le repoussa, impitoyable. Alexandra serait payée, et généreusement. Certes, il la tenait à la gorge, mais elle n'avait rien fait pour mériter sa pitié.

— Le bonus n'est pas nécessaire, protesta-t-elle sans conviction.

— Non, mais il fera partie du contrat. Je procède ainsi lorsque je suis satisfait de mes prestataires.

— Très bien, fit Alex en sortant à son tour son téléphone. Tu as le temps de répondre à quelques questions ?

— Jessica te fournira les informations dont tu pourrais avoir besoin.

— Bien noté. J'aimerais néanmoins entendre ton point de vue personnel sur les clients que tu courtises.

La requête n'était pas déraisonnable, songea Grant. Pourquoi donc éprouvait-il le besoin de fuir ? De mettre le plus de distance possible entre Alexandra Moss et lui ?

— J'ai dix minutes à te consacrer.

— Parfait. Première question...

Il répondit à ses interrogations de manière précise mais laconique, tout en se réjouissant de la surprise visible qu'elle manifesta lorsqu'il lui fit part des noms de certains invités. Membres de familles célèbres, industriels légendaires, artistes, il avait ratissé large.

— Je suis surprise que tu aies persuadé Theodore Craig de venir. On le dit très discret. Malgré tous les étés que j'ai passés dans les Hamptons, je ne l'y ai vu qu'une fois.

— J'ai travaillé pour lui quand tu m'as renvoyé.

Alexandra, à cette nouvelle, eut le bon goût de pâlir.

— Oh.

— J'ai commencé en tondant ses pelouses. Un matin, il m'a invité à prendre le café. Quand il a appris que j'étudiais la finance, nous avons commencé à parler.

Grant se souvenait de ces instants avec émotion. Sa rupture avec Alex avait ébranlé les fondements de son univers et sa confiance en lui. Il en était venu à douter, à cause d'elle, de pouvoir atteindre les buts qu'il s'était fixés.

Mais Theodore l'avait regardé avec respect. Il l'avait écouté, lui avait conseillé de se présenter à Stanford. Et c'était lui qui avait payé sa scolarité. Theodore Craig, un multimilliardaire, l'avait traité en égal. À l'inverse de David, qui l'avait considéré comme un bon à rien, et d'Alexandra, qui s'était servie de lui comme d'un simple jouet.

Après avoir posé sa dernière question, Alexandra consulta sa montre et fit la grimace.

— Désolé, j'ai pris douze minutes.

— Au moins, les questions étaient bonnes.

Elle rougit, ridiculement flattée par le compliment. Même si l'idée de travailler avec son ex-amant ne lui aurait pas traversé l'esprit, elle se sentait, après une phase de désarroi initiale, vibrante d'excitation. L'ampleur de la tâche ajoutait encore aux frissons qui la parcouraient : il ne lui avait pas commandé un simple bouquet de remerciement ou de félicitations. C'était l'occasion de prouver ce qu'elle savait faire.

Après avoir remis son téléphone dans sa poche, elle prit son verre et se leva.

— Bonne soirée.

— Est-il prudent de conduire ? demanda son compagnon, étudiant son verre vide.

— Je ne prends pas le volant. J'habite de l'autre côté de la cour intérieure, dans un petit studio adjacent à l'appartement d'Amanda et de Finn.

Encore une faveur qu'elle leur devait... Finn et sa fiancée auraient pu louer ce studio un bon prix, mais ils le lui avaient offert pour quasiment rien. Leur générosité lui avait permis d'investir le peu d'argent dont elle disposait dans son affaire.

— Je te raccompagne jusqu'à ta porte, annonça Grant en se levant.

— C'est inutile. Il me suffit de traverser la cour.

— Nous sommes à New York. La cour est sombre, ton demi-frère est occupé, et tu as bu au moins deux verres de vin. Ce n'est pas négociable.

De justesse, Alex se retint de lever les yeux au ciel. Certaines choses, au moins, ne changeaient pas. Autrefois, déjà, Grant avait insisté pour lui ouvrir les portes, la raccompagner, ces mille attentions qui lui donnaient l'impression d'être précieuse.

Aujourd'hui, elles l'irritaient. Elle avait laissé trop de monde lui dicter sa conduite. Elle avait grandi. Sitôt après l'arrestation de son père, elle avait vécu dans un appartement presque insalubre, à peine séparé de voisins alcooliques par une porte branlante et un cadenas rouillé. Grant l'ignorait sans doute, mais elle était capable de tenir tête aux petites frappes et autres pervers qui rôdaient parfois dans le quartier la nuit. Le problème, c'était qu'il était têtu, et qu'elle n'avait plus l'énergie de se battre contre lui.

— Très bien, soupira-t-elle.

Elle déposa son verre dans la cuisine, puis fit un signe de la main à Amanda, toujours à la caisse. En avisant Grant, cette dernière haussa un sourcil interrogateur, auquel Alex répondit d'un sourire rassurant. Elle tenta d'ignorer les battements de son cœur lorsqu'ils sortirent dans la cour. Sans le brouhaha du café et le bruit de la circulation, l'endroit prenait soudain une dimension intime, presque romantique.

Ils avaient à peine atteint le milieu de la cour qu'un coup de tonnerre se fit entendre. Une seconde plus tard, le ciel s'ouvrit et déversa une averse glaciale. Grant prit Alex par la main et l'entraîna, sans un mot, vers le porche qui s'ouvrait de l'autre côté.

Surprise par la brutalité de l'orage, Alexandra fixa d'abord le rideau de pluie, puis leva les yeux vers Grant. Malgré elle, un éclat de rire monta de sa gorge, éclata sur ses lèvres. Son impeccable coiffure avait été ruinée par l'averse, et ses cheveux collaient à son front comme un bonnet de mauvaise facture.

— Il y a quelque chose de drôle ? demanda-t-il.

— Je suis désolée, hoqueta Alexandra. Tu avais l'air impeccable, et voilà que... que...

— Je ressemble à un rat mouillé ?

En une fraction de seconde, Alexandra reprit son sérieux.

L'ombre d'un sourire éclairait le visage de son compagnon, ce même sourire qui avait autrefois fait bondir son cœur, enflammé tous ses sens.

C'est ton client, désormais, se morigéna-t-elle. *Plus ton amant.*

— Finn garde un parapluie dans le placard du couloir, déclara-t-elle. Je vais le chercher.

— Je n'ai pas besoin de parapluie.

— Et je n'avais pas besoin que tu m'accompagnes jusqu'ici, répondit-elle, tirant une clé de sa poche. Attends-moi. Ce n'est pas négociable.

Ridiculement fière de cette petite victoire, elle s'enfonça dans le couloir et récupéra le parapluie de Finn. Par réflexe, elle entreprit de remettre un peu d'ordre dans sa coiffure avant de s'interrompre – à quoi bon ?

Elle regagna enfin le porche et rougit en apercevant Grant. Son T-shirt détrempé collait à son torse comme une seconde peau, soulignant le dessin de ses pectoraux et de ses abdominaux. Malgré elle, elle se rappela la sensation de ce corps de dieu grec sous ses doigts et ses baisers, ainsi que le goût de sa peau. D'invisibles flammes lui parcoururent l'échine, puis allumèrent un brasier au creux de son être.

— Tiens, marmonna-t-elle en lui tendant le parapluie.

Intentionnellement ou par accident, il lui toucha la main lorsqu'il le prit. L'incendie qu'elle s'efforçait d'éteindre repartit de plus belle et lui arracha un hoquet de surprise qui, à son immense embarras, résonna sous l'arche du porche. Grant la dévisagea, sourcils froncés, d'une immobilité de statue. Elle, en revanche, se sentait vibrer, trembler, électrisée par une énergie qu'elle n'avait pas ressentie depuis des années. Ses nerfs s'éveillaient et répondaient à l'homme qui lui avait fait connaître, autrefois, un plaisir inimaginable.

Grant recula soudain d'un pas, les doigts crispés autour du parapluie. Il le serrait si fort qu'Alex s'étonna de ne pas voir le manche se briser en morceaux.

— Bonne nuit, Alexandra.

Sa politesse, glaciale, doucha l'incendie qui faisait rage en elle. Sans répondre, elle le regarda s'éloigner dans la cour. Ce ne fut que lorsqu'il eut disparu à l'intérieur de la librairie qu'elle se décida enfin à rentrer.

Les escaliers qui menaient à son studio lui parurent plus raides, ce soir-là, craquant sous le poids de ses pas. Les murs jaune pâle de son appartement, les plantes qui décoraient l'entrée, la réconfortaient en général quand elle rentrait chez elle. Pas ce soir.

La mine sombre, elle retira son haut trempé et l'abandonna sur la machine à laver. Puis elle s'efforça de se concentrer sur des gestes banals, quotidiens : arroser ses plantes, se démaquiller, vérifier s'il n'y avait pas, par hasard, une commande de dernière minute dans ses courriels. Une fois couchée, elle s'autorisa à réfléchir sur sa soirée, et à reconnaître qu'elle s'était comportée en parfaite idiote. Il n'y avait rien de pire que de montrer à un homme qu'il l'affectait. Si, corrigea-t-elle, il y avait pire : montrer à son ex qu'il l'affectait, juste après qu'il avait sauvé son entreprise.

Elle enfouit son visage dans ses mains, rouge d'embarras. Pendant les années qui avaient suivi leur rupture, elle avait chassé Grant de ses pensées avec d'autant plus de détermination que toutes les fois qu'elle songeait à lui son cœur se brisait. Parfois, avec le passage des ans, elle s'abandonnait à une bouffée de nostalgie, à la faveur d'un parfum de rose ou d'une musique de fête foraine. Lorsqu'elle risquait de verser dans la mélancolie, elle se concentrait sur son travail. Le problème, c'était que Grant était *devenu* son travail.

Sans enthousiasme, elle but une gorgée de l'infusion qu'elle s'était préparée avant de se mettre au lit. Les pétales de violette qu'elle y avait jetés tournaient à la surface en cercles paresseux. Elle n'aurait su dire combien de temps elle les fixa, perdue dans ses pensées, mais lorsqu'elle y trempa de nouveau les lèvres, sa boisson était froide.

Inutile de le nier : Grant l'attirait toujours. Comment s'en étonner ? Il était plus beau encore que dans son souvenir. Et aucun des rares hommes qu'elle avait vaguement tenté de fréquenter, ces dernières années, ne lui était arrivé à la cheville. Tous pâlissaient en comparaison de celui qui l'avait éveillée à des plaisirs insoupçonnés.

Prudemment, comme on examinerait une blessure, elle fit un état des lieux de ses émotions, et poussa un soupir de soulagement. Le trouble qu'elle avait éprouvé en sa présence s'enracinait dans une attirance sexuelle bien compréhensible. D'amour, il n'y avait plus trace. Comment aurait-elle pu aimer l'homme dur et autoritaire qu'elle avait vu aujourd'hui, si différent du jeune homme souriant qu'elle avait connu ?

Sur un long soupir, elle se tourna pour éteindre la lumière et se blottir sous sa couette. La pluie s'était un peu calmée, mais crépitait encore contre les vitres. Alexandra ferma les yeux, bercée par cette mélodie liquide. Il était plus facile de se concentrer sur le son des gouttes que sur la voix qui lui soufflait que Grant avait changé pour une raison toute simple.

Elle.

5

Grant s'arrêta sur le seuil de La Campanule, intrigué. La veille, il n'avait pas prêté attention au magasin quand son chauffeur était passé devant dans le noir. Les arrangements exposés en vitrine étaient superbes, le logo original et marquant. La façade, vert pâle, invitait le passant à entrer, tout comme la porte dont le bouton de cuivre semblait avoir été récemment poli.

Par contraste, les autres commerces de la rue étaient presque tous à l'abandon, leurs vitres craquelées, leurs devantures fissurées, comme si leurs propriétaires étaient partis à la hâte, sans se soucier de refermer derrière eux. Difficile d'imaginer que Greenwich Village commençait à quelques rues de là. Les loyers de New York étaient connus pour être vertigineux, mais était-ce vraiment tout ce qu'Alexandra pouvait s'offrir ?

Une sirène se fit entendre non loin, suivie de cris. Grant fronça les sourcils, troublé. Il voulait jeter son succès à la figure d'Alex, mais la situation de la jeune femme était pire que ce qu'il avait imaginé.

Enfin, il ouvrit la porte et entra. Les murs étaient peints d'un élégant gris pâle qui mettait en valeur les couleurs des bouquets. Au centre de la pièce, un lustre dominait une table de bois blanc encadrée de deux fauteuils vert émeraude. Un album photo y était posé, illustrant le travail de la propriétaire.

Au fond du magasin, deux vitrines réfrigérées dotées de portes transparentes laissaient voir des commandes en attente. Alex avait bien travaillé, mais il faudrait davantage qu'un coup de peinture pour dissimuler les fissures et la moisissure qui se développait dans un coin.

Dos à la porte, téléphone à l'oreille, Alexandra faisait défiler une page sur son ordinateur portable. Ses cheveux étaient tressés en une natte qui descendait presque jusqu'à sa taille. Elle portait de nouveau un jean et un T-shirt usés, à mille lieues de ses tenues de marque d'autrefois. Mais elle les habitait avec une confiance en elle que Grant ne lui avait jamais connue, dos droit, menton levé.

— Je comprends, disait-elle à son interlocuteur, mais vous me faites payer ce qu'on me ferait payer à Greenwich. Je sais que personne d'autre ne voulait me louer un local, mais...

Elle écouta la réponse, puis reprit d'un ton vif :

— Vous n'avez pas fait réparer l'électricité. Je ne peux pas arriver chaque matin en me demandant si les frigos marchent encore, ou si toutes mes fleurs sont mortes.

La curiosité de Grant, à ces mots, se changea en colère. Il avait lui aussi eu affaire à des bailleurs indélicats.

— Je ne peux pas me permettre mille dollars de plus ! se récria la jeune femme, une note de désespoir dans la voix. Je vous demande d'être compréhensif. J'ai signé un gros contrat et je recevrai une avance vendredi.

Le ton suppliant de sa voix catapulta Grant dans le passé, une soirée de pleine lune, juste avant qu'elle ne se révèle sous son vrai jour. Ils étaient allongés sur la plage, nus, et les vagues leur léchaient les pieds.

« Et si nous partions ? »

Il avait ri de sa suggestion, passé une main sur son ventre, l'avait remontée sur l'un de ses seins. « Où ? » avait-il demandé. « Où tu veux, tant que nous sommes ensemble. » Sur le moment, il avait cru qu'elle plaisantait. Ils n'avaient jamais évoqué ce qui se passerait à la fin de l'été, mais il était sûr de continuer à la voir. Il ne lui restait qu'un semestre d'études, qu'il complèterait dans une université new-yorkaise pour rester près d'elle.

Mais Alex s'était tournée vers lui, le visage illuminé par une excitation presque frénétique, et avait parlé de Paris, des Caraïbes, de l'Afrique du Sud, tout sauf les États-Unis. Elle l'avait presque imploré d'élaborer un projet de fuite. Lorsqu'il lui avait demandé pourquoi, elle avait hésité, puis secoué la tête et répondu qu'elle plaisantait. Que la fin de l'été, toute proche, la rendait mélancolique. Puis elle l'avait repoussé sur sa serviette et l'avait chevauché, jusqu'à lui faire oublier ses questions.

Le souvenir de cet épisode le troublait. Le lendemain, il l'avait attribué au sens du mélodrame d'une héritière trop gâtée. Se pouvait-il que...

La voix d'Alexandra interrompit soudain ses pensées.

— Écoutez, je suis payée vendredi. Soit vous faites intervenir un électricien maintenant, soit je pars.

Des protestations se firent entendre, au bout du fil, qu'elle interrompit d'un mouvement de la main.

— Je peux partir sans préavis, puisque mon contrat stipule que tout problème technique doit être réglé quatorze jours après son signalement. Nous en sommes à dix-huit. Et ce local est resté vide un an avant que j'emménage. À vous de voir si vous voulez de nouveau attendre un an avant de retrouver quelqu'un.

Puis elle raccrocha, marmonnant un juron inaudible. Lorsqu'elle se retourna, elle pâlit en avisant Grant sur le seuil.

— Depuis combien de temps es-tu là ?

— Assez longtemps pour te dire que ton propriétaire est un escroc.

— Tu l'as dit, répondit Alexandra avec un éclat de rire inattendu.

Grant étudia le linoléum qui se décollait à ses pieds avant

de relever les yeux sur elle. Les bras croisés en une attitude défensive, les joues rouges, elle le fixait d'un regard de défi.

— Je sais. Ce n'est pas la plus belle boutique du monde.

— Pourquoi ici ?

Avec un haussement d'épaules qui peinait à masquer son embarras, elle répondit :

— Pas cher, et disponible.

— Tu as dit que personne ne voulait te louer un local.

— Tu as vraiment tout entendu, marmonna Alex.

— Que voulais-tu dire ?

— Depuis quand te dois-je des explications ?

— Réponds à la question.

— J'ai voulu louer un espace près de chez Finn et Amanda. Mais l'agent immobilier était la fille d'une victime du Fonds Waldsworth. Et son père, acheva Alexandra d'une voix rauque, s'est tué lorsqu'il a perdu presque toute ses économies.

— Ce n'était pas ta faute.

— Vraiment ? Peut-être que si, d'une certaine façon. Je savais de quoi il était capable. J'avais entendu les rumeurs. Mais je n'ai rien fait.

Grant l'étudia d'un air soupçonneux, se demandant si elle jouait la comédie. Après quelques secondes, elle secoua la tête.

— Pourquoi es-tu là ? Je croyais que Jessica devait m'emmener dans les Hamptons.

— Elle a trop de travail. Je m'en charge personnellement.

Une lueur de panique apparut dans le regard d'Alexandra, au ravissement de Grant. Après ce moment désastreux dans la cour, l'autre soir, il avait besoin de se rappeler pourquoi il l'avait engagée en premier lieu. C'était la raison pour laquelle il avait décidé de l'accompagner en personne. Il voulait lui donner un aperçu du monde dans lequel il vivait.

— Un problème ? demanda-t-il.

— Non, juste... hm, rien. Laisse-moi prendre mon sac et fermer.

Tandis qu'elle éteignait les lumières, il jeta un dernier coup d'œil au magasin, un sourire cruel aux lèvres. Elle était tombée si bas qu'il ne doutait plus de pouvoir l'impressionner, et lui faire regretter de l'avoir rejeté sous prétexte qu'ils n'étaient pas du même monde.

6

Depuis l'hélicoptère, Alexandra fixait la maison qui dominait les vagues bleu sombre de l'Atlantique. L'architecte avait fait du bon travail, évitant l'écueil d'un luxe ostentatoire. Luxueuse, la maison l'était, mais elle dégageait un charme de vieille bâtisse malgré sa rénovation intégrale. Son toit d'ardoise dominait une façade en bardeaux gris pâle, percée de hautes fenêtres encadrées de volets blancs. Les six cents mètres carrés habitables, selon Grant, se partageaient entre douze chambres, deux grands salons, le tout entouré de nombreuses terrasses et d'une piscine. La propriété rivalisait presque avec l'ancienne demeure de son père, située à l'autre bout de la route mieux connue par son surnom « d'allée des Milliardaires ».

Tandis que l'appareil descendait, Alex garda les yeux rivés sur la bâtisse, résistant à la tentation de se tourner vers leur ancienne résidence. Une maison qui, malgré son élégance, lui avait paru une prison, jusqu'au jour où elle avait rencontré Grant dans ses jardins. Jamais elle ne s'était sentie aussi heureuse que cet été-là.

C'était la première fois qu'elle revenait dans les Hamptons depuis la faillite de son père, et elle commençait à regretter d'avoir accepté de s'y rendre avec Grant plutôt que Jessica. La visite durerait moins d'une heure. Il lui montrerait les lieux, lui parlerait des divers événements qu'il organisait pour lui permettre d'en comprendre les enjeux. Mais même une heure, en sa compagnie, lui paraissait une éternité.

La sensation d'être observée la fit redresser la tête. Grant était concentré sur une tablette posée sur ses genoux, le téléphone à l'oreille. Il portait un costume sombre, sans doute taillé sur mesure, qui la rendait presque douloureusement consciente de sa propre tenue. Quel renversement de situation ! Autrefois, elle s'était demandée si leur différence de milieu social le mettait mal à l'aise. L'était-il autant, quand elle l'emmenait dans son petit cabriolet, qu'elle l'était aujourd'hui dans son hélicoptère ? Ou lorsque ses soi-disant amis, lors d'une fête, n'hésitaient pas à humilier le « jardinier » sous couvert de plaisanter ?

Non, se rappela-t-elle en risquant un nouveau coup d'œil vers lui, Grant n'avait jamais paru affecté par ce que les autres pensaient de lui. Quand elle s'était figée, embarrassée par l'élitisme arrogant de son entourage, il l'avait rassurée d'une simple pression de la main. Il avait toujours répondu aux plaisanteries du même ton, comme s'il n'en prenait pas ombrage, tout en se débrouillant pour instiller son propre sous-entendu dans la conversation. *Je me moque de tout votre argent, que vous êtes trop bêtes pour avoir gagné par vous-mêmes.*

Quel chemin il avait parcouru depuis sa jeunesse dans les rues de Fortaleza, au Brésil ! Encore enfant, il avait accompagné son père dans de nombreux pays, pas en vacances mais pour suivre la livraison d'équipements de chantier.

— Un travail difficile, lui avait-il confié. Mais mon père l'adorait. Je crois qu'il m'emmenait avec lui pour que je découvre le monde, et tout ce qui s'offrait à moi si je travaillais assez dur. Et accessoirement, pour m'éviter de rejoindre un gang ou de sombrer dans le trafic de drogue.

Il avait parlé avec détachement, tout comme de cette nuit fatidique où sa mère et lui avaient fui le Brésil après l'assassinat de son père, qui avait refusé de se servir des machines qu'il exportait pour dissimuler de la drogue. Ils avaient trouvé refuge aux États-Unis avant que le cartel pût s'en prendre à eux.

— Je ne t'ai pas offert la meilleure éducation pour que tu couches avec le premier escroc venu, s'était exclamé David Waldsworth lorsqu'il avait appris d'où venait le jeune jardinier.

— Il m'aime ! avait rétorqué Alex, en une rare manifestation d'indépendance. Et je l'aime !

Son père lui avait ri au nez.

— Il ne t'aime pas, Alexandra. Il aime ton argent. Il doit aussi aimer tout ce que vous avez dû faire ensemble cet été.

Mortifiée, Alex avait reculé lorsque son père s'était levé, l'acculant contre une étagère de la bibliothèque.

— Tu vas rompre avec lui demain. Sans quoi, je veillerai à ce que sa mère et lui soient renvoyés au Brésil avant la fin du week-end.

— Tu le condamnerais à mort !

Aujourd'hui encore, elle se rappelait le sourire cruel de son père.

— C'est l'idée.

Finn et elle, à l'époque, se parlaient à peine. Elle s'était rendu compte, en parcourant son téléphone à la recherche de quelqu'un à qui parler, qu'elle n'avait qu'une personne : Grant. Cette révélation l'avait assommée et elle s'était assise sur son lit, face au balcon qui ouvrait sur l'Atlantique. Elle n'était qu'une princesse dans une prison dorée.

Elle avait passé la nuit debout, à chercher des informations sur Internet, des blogs, et avait même contacté un avocat le lendemain matin. Mais elle savait déjà, au fond, qu'elle avait perdu la partie. David Waldsworth avait assez d'argent pour faire ce qu'il voulait, y compris envoyer Grant et sa mère à une mort certaine. Elle avait donc obéi. Elle avait brisé le cœur de Grant – et le sien – pour le protéger.

Aurait-elle pu agir autrement ? se demanda-t-elle comme l'hélicoptère atterrissait. Bien sûr, elle avait voulu protéger Grant et sa mère. Mais toute sa vie elle avait laissé son père la traiter comme une moins-que-rien et lui dicter sa conduite. Jamais elle ne lui avait tenu tête, sauf quand il avait été enfin emprisonné et incapable de lui nuire.

— Tout va bien ?

Grant la dévisageait de son regard d'aigle lorsqu'elle leva les yeux. Elle se força à sourire en retour.

— Bien sûr. J'admirais juste la maison.

Il savait qu'elle mentait, elle le vit au pincement de ses lèvres, au creusement des ridules autour de ses yeux. Par chance, il n'insista pas, se contentant de bondir de l'appareil avant de lui tendre la main.

Alex accepta son offre, puis étouffa un hoquet lorsqu'une décharge électrique remonta le long de son bras. De nouveau, Grant la fixait, si intensément qu'elle eut du mal à respirer. Était-ce de la colère qui s'agitait, pareille à du magma, dans l'ambre de ses yeux ? Ou une émotion plus trouble et plus dangereuse ?

Par chance, elle parvint à ne pas tomber de l'hélicoptère et à mettre un pied devant l'autre jusqu'à la terrasse, où son compagnon la relâcha enfin. Alex fit mine d'admirer l'océan pendant qu'il donnait des instructions au pilote, tentant de reprendre son souffle. Peut-être aurait-elle dû accepter de rencontrer les célibataires que Finn ou Amanda avaient proposé de lui présenter. Avec plus d'expérience, elle ne se comporterait pas comme une adolescente de dix-neuf ans qui peinait à se remettre de son premier amour.

Grant se dirigea enfin vers la maison, la forçant à presser l'allure pour rester à sa hauteur. Le porche, soutenu par de majestueuses colonnes blanches, donnait accès à une véranda où des chaises à bascule faisaient face à l'océan.

— C'est magnifique.

Grant se retourna pour l'étudier sans émotion, puis acquiesça sèchement.

— En effet.

Enfin, il ouvrit la porte et lui fit signe d'entrer. Alex étudia, bouche bée, l'immense foyer qui l'accueillit, ses parquets de bois massif et l'escalier qui montait vers une mezzanine aux murs couverts de livres. Diverses œuvres d'art, aux murs, ajoutaient encore à l'élégance du lieu.

Intimidée, Alexandra s'approcha de la photo d'une passerelle métallique, dont la couleur rouge ressortait de façon explosive sur le bleu du ciel.

— C'est au Dragão do Mar, n'est-ce pas ?

— Oui, répondit son compagnon après une hésitation. Prise par mon cousin.

Intriguée par le ton de sa voix, elle se retourna et eut tout juste le temps de voir la douleur qui flambait dans ses yeux, avant qu'un masque ne s'abatte sur son visage. Un sentiment de mélancolie gagna Alex lorsqu'elle songea qu'elle n'avait jamais éprouvé le moindre attachement pour les lieux où elle avait vécu. Pas même leur résidence des Hamptons, qui avait été dans leur famille depuis des générations, mais dont le charme avait été étouffé par un nombre incalculable de rénovations. Au moins, contrairement à lui, n'était-elle pas exilée de son propre pays.

Avant qu'elle pût l'interroger, il se détourna de la photo et déclara sèchement :

— Nous avons une demi-heure avant de devoir repartir.

À vive allure, Grant traversa la bâtisse et lui fit part de ses projets pour les diverses réceptions qu'il avait planifiées. Alexandra, armée de son téléphone, prit des photos de la cuisine, des salons et des terrasses autour de la piscine. Il répondit à ses questions de manière laconique mais précise, sans l'ombre de cette étrange émotion qu'elle avait cru percevoir à leur descente de l'hélicoptère. Une tension qu'elle avait peut-être imaginée, tant le comportement de Grant était professionnel.

— Il y aura cinq couples, expliqua-t-il en la conduisant vers les étages. L'un des couples vient avec sa fille adulte, un autre avec des adolescents. Laura Jones et plusieurs cadres de Pearson seront également présents. L'équipe du traiteur, composée de quatre personnes, séjournera dans la maison du gardien.

Alex l'écoutait d'une oreille distraite. Cela faisait si longtemps qu'elle n'avait pas baigné dans un tel luxe ! Toutes les chambres bénéficiaient de leur ambiance propre, dans des tons allant du bleu au vert pastel. Toutes disposaient de leur propre salle de bains, de hautes fenêtres ouvrant sur un balcon. Il serait facile de composer un arrangement pour chacune, avec de petites modifications chaque matin, pour surprendre et ravir les invités après leur petit déjeuner.

— C'est vraiment splendide.

— Je l'espère bien. Entre les balcons, les salles de bains et la décoration, chaque chambre a coûté un quart de million.

Il avait énoncé le chiffre comme un simple fait, sans émotion apparente, mais elle le connaissait assez pour discerner une touche d'arrogance dans sa voix. Elle se tourna vers lui, sourcils froncés. Depuis qu'il était entré dans la librairie pour lui proposer ce contrat, elle ne cessait de se demander pourquoi il l'avait choisie elle, alors qu'il la détestait. Bien sûr, elle lui économiserait quelques milliers de dollars. Mais que valait cette somme, pour un homme riche à millions ?

Pour la première fois, tandis qu'il lui détaillait le marbre italien des douches ou la qualité de la robinetterie, une petite voix lui souffla qu'il ne l'avait pas engagée pour son talent : il voulait lui jeter son succès à la figure.

Non, songea-t-elle aussitôt. Elle ne l'en croyait pas capable.

— Tu en as fait, du chemin, murmura-t-elle.

— En effet.

— Et c'est assez ?

La question sortit avant qu'elle pût la retenir, et Alex rougit.

— Qu'est-ce qui est assez ?

— Tout ça, répondit-elle avec un geste circulaire. Et le groupe Pearson.

— Bien sûr. J'ai atteint mes buts.

Elle aurait dû en être heureuse pour lui, mais quelque chose dans la voix de Grant sonnait faux.

— Formidable.

— Qu'est-ce que ça veut dire ? s'enquit son compagnon.

— Rien.

— Crache le morceau, Alexandra.

— C'est juste que ça ne te ressemble pas.

L'ombre qui voila le visage de Grant, l'espace d'un instant, la fit presque reculer.

— Qu'est-ce qui ne me ressemble pas ? demanda-t-il d'une voix si douce qu'elle en devenait menaçante. La réussite ? La fortune ? Tu as du mal à réconcilier ce que tu vois avec le « simple jardinier » dont tu te souviens ?

Le cœur d'Alex, à ces mots, se serra. Le Grant d'autrefois était un esprit libre, frondeur et fier de ses racines. Il se moquait de ce que l'on pensait de lui. Depuis quand s'en préoccupait-il ?

— Non. Je crois juste me souvenir que tu voulais lancer un programme de bourses pour étudiants étrangers.

— J'ai donné des millions à ce genre d'organisation.

— Et c'est très honorable, répondit Alex, appuyant sur sa tempe pour chasser un début de migraine. C'est juste que tu parais plus... distant. Comme si d'autres choses étaient devenues plus importantes.

— J'ai changé, Alexandra. Et toi, plus que toute autre, sait pourquoi.

Sur cette salve, il tourna les talons et reprit la visite, laissant Alexandra étourdie par la violence de l'accusation. Il lui fallut quelques secondes pour reprendre ses esprits et le rejoindre.

— Ta chambre sera là-bas, dans l'aile des invités où séjourneront les employés de Pearson.

Alex secoua la tête, déroutée. Avait-elle mal entendu ?

— Ma chambre ?

Sourcils froncés, son compagnon pivota pour lui faire face.

— Ta chambre, oui, répéta-t-il lentement. Il y a un problème ?

— C'est que... je pensais...

Je ne pensais pas dormir sous le même toit que toi. Je ne pensais pas passer autant de temps en ta compagnie.

— Tu t'imaginais que tu viendrais de New York tous les jours ?

— Non. Mais je pourrais me trouver une chambre d'hôtel...

— Tous mes employés séjournent ici.

— Certes, mais je ne suis pas une employée comme les autres.

Percevait-il sa panique ? Alex aurait préféré s'économiser le coût d'un hôtel, mais la perspective de dormir si près de Grant...

— Ce n'est pas négociable.

Il ne bluffait pas, elle le vit aussitôt. Soit elle acceptait ses conditions, soit elle perdait le contrat. Que risquait-elle, après tout ? Ils ne seraient pas seuls dans la maison. Et ce n'était pas comme si leurs chambres étaient mitoyennes. L'opinion que Grant avait d'elle, enfin, garantissait sa sécurité.

— Parfait, répondit-elle avec un sourire qui ressemblait sans doute à un rictus. Merci.

S'imaginait-elle la lueur de triomphe dans son regard ? Une chose qu'elle n'imaginait pas, en tout cas, c'était la nausée qui lui tordait l'estomac. Même si Grant ne ressemblait en rien à son père, elle n'aimait pas se sentir ainsi à la merci de quelqu'un.

Elle s'arrêta en passant devant la dernière chambre du couloir. Contrairement aux autres, plutôt décontractées, celle-ci était majestueuse, marquée d'une patte masculine. Les murs étaient peints en gris pâle, l'immense lit encadré d'appliques articulées de style industriel. Six oreillers d'un blanc éclatant se détachaient sur un jeté couleur ardoise.

Mais ce furent les photographies accrochées au-dessus du lit qui retinrent son attention. Au nombre de trois, elles éclaboussaient la chambre de couleurs vives. La première représentait un homme qui portait une coiffe de plumes orange, les joues barrées d'un trait de peinture rouge. La seconde, une femme qui tournoyait en robe bleue, un nœud argenté géant sur la poitrine, son sourire visible derrière les cheveux blancs qui lui fouettaient le visage. Sur la troisième, un homme en tunique verte, les traits dissimulés derrière un masque d'oiseau décoré d'émeraudes et de plumes, pointait un sceptre couvert de joyaux vers l'objectif.

— Grant... Elles sont magnifiques...

Leurs couleurs, l'énergie capturée par l'artiste, tout l'attirait. Déjà, son esprit lui représentait des arrangements qui s'accorderaient aux œuvres et leur feraient écho.

— Pas besoin de fleurs dans cette pièce, déclara-t-il comme s'il avait lu dans son esprit.

— Pourquoi pas ?

— C'est ma chambre.

La pièce parut soudain rétrécir autour d'elle, surtout lorsqu'elle se rendit compte qu'elle se tenait à un mètre du lit de Grant. Quelle idiote elle faisait... Bien sûr qu'il s'agissait de sa chambre.

— Ça ne me gêne pas de te faire des bouquets, déclara-t-elle, se tournant de nouveau vers les photos. Elles sont tellement belles que...

— Non.

Le ton, claquant, la fit tressaillir de surprise.

— Pourquoi pas ?

— Je suis ton employeur. Pas ton ami, ni ton amant. Je n'ai pas besoin de te fournir une raison.

Il avait raison, reconnut-elle, même si sa réponse la blessait. Mais il lui cachait quelque chose. Était-ce qu'il n'avait pas voulu lui montrer sa chambre ? Ou était-ce en rapport avec son pays d'origine ? Autrefois, il lui aurait confié sans l'ombre d'une hésitation ce qu'il avait sur le cœur. Ne lui avait-il pas révélé l'effroi qu'il avait éprouvé, un soir, en rentrant chez lui et en trouvant sa mère courbée sur le corps de son père ? Grant n'avait pas pleuré en lui racontant l'histoire, mais il avait enfoui son visage dans ses cheveux et inspiré profondément.

Pour la première fois de sa vie, Alex s'était sentie forte pour quelqu'un d'autre.

— C'est vrai, confirma-t-elle, faisant mine de prendre des notes sur sa tablette. Tu n'as pas besoin de raison. Pas de fleurs pour cette pièce, donc.

Le silence retomba, lourd et épais. Alex rangea sa tablette avant de se diriger vers la porte, regard baissé. Elle était embarrassée, mais surtout triste. La pièce lui rappelait l'homme que Grant était devenu, froid et distant. Pourtant, derrière cette façade, elle soupçonnait que battait encore le cœur de l'homme qu'elle avait rencontré cet été-là.

Perdue dans ses pensées, elle ne vit pas que Grant se tenait toujours à la porte, bloquant le passage. Elle le percuta, plus d'un mètre quatre-vingt-dix de muscles, et faillit basculer en arrière par contrecoup. D'un geste vif, il la retint par le coude, ce qui eut pour effet de la projeter de nouveau contre lui. Elle se figea, les lèvres à quelques centimètres de son cou, enivrée par son parfum boisé.

— Je suis désolée. Je ne regardais pas où j'allais...

— J'ai remarqué, oui.

Elle voulut reculer, mais il ne le relâcha pas. Alex déglutit, puis s'aventura à lever les yeux sur lui. Le spectacle de sa bouche, pleine et sensuelle, lui transforma les jambes en guimauve. Qu'éprouverait-elle à l'embrasser ? Serait-il aussi joueur, aussi taquin qu'autrefois ? Caresserait-il ses lèvres du bout de la langue, les mordillerait-il avec la même légèreté qu'autrefois ?

Il bougea très légèrement la tête, et Alex fit un bond instinctif en arrière. Haletante, les joues rouges d'un mélange d'excitation et d'embarras, elle le fixa en silence.

— Tu devrais faire plus attention, observa son compagnon d'une voix sourde.

Pour faire attention, elle ferait attention, se promit-elle. *Concentre-toi sur ton travail.* Grant avait raison, ils n'étaient plus amants, ni même amis.

— Bien sûr, répondit-elle. Si tu veux bien m'excuser, à présent, j'ai d'autres photos à prendre.

Il continua de la fixer d'un air hostile mais, cette fois, Alex ne vacilla pas. Il l'avait remise à sa place, elle y resterait. Elle montrerait à Grant et au groupe Pearson qu'elle était une fleuriste d'exception.

Enfin, il s'écarta. La tête haute, elle le dépassa avant de remonter le couloir. Le vol retour s'annonçait tendu. Mais après cela elle n'aurait plus à le revoir jusqu'au brunch organisé à la bibliothèque publique de New York. Après le brunch, elle passerait une semaine dans cette maison pour superviser les divers événements, puis elle assisterait au dernier gala prévu au Metropolitan Museum.

L'agenda était chargé. Il aurait au moins le mérite de la forcer à se concentrer sur son travail, plutôt que sur l'homme qu'elle avait aimé autrefois.

7

Alexandra jeta un coup d'œil à sa montre lorsqu'elle sortit du Metropolitan Museum of Art. Ses repérages en compagnie de Jessica et de Laura Jones avaient duré presque deux heures, partagés entre la bibliothèque de New York et le Met. Mais, contrairement à celle de la maison des Hamptons, ces visites s'étaient bien passées. Laura s'était montrée courtoise, décontractée, et avait répondu à ses questions avec une volubilité qui changeait des réponses lapidaires de son patron.

Alexandra s'était bien entendue avec Laura immédiatement. Elle s'était également rendu compte, quelque part entre le foyer du musée et le jardin sur le toit – où le cocktail aurait lieu si la météo le permettait – qu'elle s'entendait avec Jessica. Ce qu'elle avait d'abord pris pour de la froideur cachait un sens de l'humour noir et une intelligence aiguë. L'assistante lui en avait appris énormément sur les invités, s'appuyant sur ce qu'elle savait d'eux, mais également sur ce qu'elle en avait entendu dire.

Alexandra avait cru deviner, entre les mots, que certains considéraient Grant avec méfiance, car il ne venait pas du même milieu qu'eux. En l'apprenant, elle avait senti la colère l'envahir. Après tout ce qu'il avait accompli, malgré ses diplômes et son éclatante réussite professionnelle, certains le regardaient toujours comme l'avait fait son propre père.

Cette colère avait été fructueuse, en lui donnant une idée d'arrangement pour le petit déjeuner à la bibliothèque de New

York, celui qui lancerait le programme des réjouissances : un bouquet luxueux, qui indiquerait aux invités que Grant avait un sens du détail poussé – une qualité précieuse lorsqu'il s'agirait de faire fructifier leur argent – tout en faisant démontrant qu'il était également assez riche pour pouvoir se passer d'eux. Bien entendu, Alexandra n'imaginait pas que son bouquet changerait quoi que ce soit à leur décision d'investir. Mais elle comptait bien jeter toutes ses forces dans la bataille.

En ce vendredi soir, il ne lui restait plus beaucoup de temps pour préparer ce qu'elle avait en tête, car tout devait être prêt pour le lundi suivant. La circulation de l'heure de pointe l'empêcha de trouver un taxi, et il était près de 19 heures lorsqu'elle rentra enfin au magasin. Pendant que son ordinateur démarrait, elle ouvrit un placard pour étudier les vases qu'elle réservait aux grandes occasions.

Presque aussitôt, le carillon de l'entrée retentit. Alexandra se retourna et se rembrunit en avisant le jeune homme en haillons, aux mains tremblantes, qui se tenait dans l'entrée.

— Tout va bien ? Je peux vous aider ?

À sa stupeur, l'autre sortit un couteau de son manteau.

— Ton fric, ordonna-t-il d'une voix rauque.

— Ne vous énervez pas. J'en ai dans la caisse.

Lentement, mains levées, elle s'approcha du comptoir, sans détacher les yeux du couteau. La clé était sur le tiroir. Alexandra l'ouvrit et s'aventura à baisser les yeux le temps de récupérer les quelques billets qui s'y trouvaient.

— Voilà, dit-elle en les posant devant elle.

Le voleur approcha, arme toujours pointée, et étala les billets d'un air méfiant. Alexandra, tandis qu'il comptait, s'efforça de contrôler le rythme de sa respiration. Enfin, l'homme redressa la tête, agressif.

— J'ai besoin de plus.

— C'est tout ce que j'ai. Les gens paient en ligne.

— Ton portable, alors.

Cette fois, Alex hésita. La logique lui dictait d'abandonner son ordinateur. Sa vie valait bien davantage. Mais d'une certaine façon sa vie dépendait aussi de l'ordinateur. Ses clients, ses réseaux sociaux, la gestion de ses commandes, tout se trouvait sur le disque dur. Malgré les rappels incessants de Finn, elle n'avait pas trouvé le temps d'en faire une sauvegarde.

— Est-ce que je peux vous donner autre chose ? Il y a...

— L'ordinateur ! cria l'homme.

Sans lui laisser le temps de répondre, il leva la main, puis l'abattit sur elle.

Grant donna ordre à son chauffeur de le déposer au bout de la rue, et mit le manteau qu'Alexandra avait oublié au musée sur son bras. Il voulait la surprendre en entrant dans le magasin. C'était mesquin, mais il avait besoin de reprendre le contrôle d'une situation qui, la veille, lui avait échappé. Il avait eu beau étaler sa richesse, il n'avait pas ressenti le sentiment de triomphe attendu. Pire : lorsqu'ils avaient failli s'embrasser, c'était *elle* qui avait reculé la première. Lui avait été à deux doigts de la prendre dans ses bras et de la porter jusqu'au lit, pour redécouvrir ce qui lui manquait depuis neuf ans : ce petit creux au bas de sa nuque qui lui arrachait un frisson lorsqu'il y posait les lèvres. Le poudroiement de taches de rousseur sur ses épaules. Cette façon qu'elle avait de rire lorsqu'il remontait le long de ses jambes en l'embrassant, puis de se cambrer quand il se perdait entre ses cuisses...

Bon sang.

Il avait été dérouté par sa réaction, apparemment sincère, à ses photos du carnaval. Les rares maîtresses qu'il avait amenées dans les Hamptons n'y avaient pas prêté la moindre attention, plus impressionnées par la vue ou par sa piscine. Autant de symboles de sa réussite et de sa fortune, probablement la seule chose qui les intéressait.

Tout en marchant, il réprima un juron. Il n'était pas impossible qu'il se fût agi, de la part d'Alexandra, d'une réaction calculée. Il s'était beaucoup confié à elle, autrefois, ce qui pouvait expliquer sa réaction d'extase face aux clichés. Elle essayait de s'attirer ses bonnes grâces, d'autant que l'avenir de son commerce en dépendait.

La semaine qui s'annonçait, songea Grant, était importante pour lui aussi, raison pour laquelle il s'était rendu au Met dans l'espoir de faire un dernier point avec Alexandra. Sa déception, quand il avait constaté qu'il arrivait trop tard, avait été purement professionnelle. Et lorsque Jessica lui avait tendu un manteau élimé oublié par la jeune femme durant sa visite, il avait décidé de le lui rapporter en personne. Ils pourraient en profiter pour s'assurer que tout était au point avant lundi.

Du regard, il balaya la rue tout en approchant de La Campanule. Plusieurs réverbères étaient éteints, sans doute éborgnés par des vandales. Les façades lépreuses et les vitrines vides, maculées par le temps et l'oubli, donnaient au quartier une atmosphère triste qui n'était pas sans lui rappeler celle de certaines rues de Fortaleza. Mais sa ville natale lui avait offert une enfance joyeuse. Combien d'étés avait-il passés sur la plage, ou le long des falaises rouges qui bordaient l'océan, à se goinfrer de crème de papaye sous les palmiers ?

Une bouffée de nostalgie s'empara de lui. Cela faisait plus de vingt ans que sa mère et lui avaient fui à la faveur des ténèbres pour éviter de subir le même sort que son père. Grant ignorait toujours comment sa mère s'y était prise, mais moins d'une semaine plus tard ils étaient arrivés à New York, où Jordana Santos avait tout fait pour reconstruire leur vie. Elle vivait désormais à deux heures au nord de la ville, dans une maison victorienne entourée d'un magnifique jardin où elle aimait recevoir ses amies. Elle menait une vie confortable, sans souci, une vie qu'elle avait méritée. Il avait tenté de lui offrir davantage – des voyages, des vêtements, des bijoux –, mais elle avait refusé, affirmant que son bonheur était de le voir heureux. Une affirmation qui, ces derniers temps, sonnait de plus en plus comme une question. Une façon aussi de lui cacher que, si elle-même n'était pas malheureuse, son grand bonheur serait de pouvoir rentrer au Brésil pour revoir famille et amis.

Grant avait bon espoir d'exaucer ce vœu. Dans quelques mois, il lui révélerait que le chef du cartel qui avait assassiné son père avait été tué, et son organisation démantelée par une bande rivale qui s'était installée à Natal. Il ne lui dirait pas, en revanche, le rôle qu'il avait joué dans l'affaire, les nombreux bâtons qu'il avait mis dans les roues du cartel et qui en avaient fait un maillon faible, condamné à être éliminé par ses rivaux. Il voulait s'assurer avant tout que la voie était libre, le voyage sans danger, car il ne voulait pas perdre de nouveau quelqu'un qui lui était cher. Son père, puis Alexandra, lui avaient suffi. Il ne risquerait pas son cœur une troisième fois en mettant sa mère en danger.

Bizarrement, la mort de l'assassin de son père ne lui avait pas procuré la satisfaction qu'il avait espérée. Elle n'avait pas ramené le disparu. Et elle avait laissé Grant sans but concret, sans nouveau défi. C'était alors qu'il avait décidé de lancer le groupe Pearson et de gagner son premier milliard, ce qu'il était sur le point de réussir. Alexandra, la veille, avait lu en lui sans le moindre effort. Comment savait-elle que plus il se démenait pour réussir, plus il se sentait vide ? Comme s'il poursuivait quelque chose qui lui échappait en permanence ?

Devant lui, une silhouette en manteau sortit en courant de La Campanule. La porte claqua contre le mur et se brisa, répandant une pluie de verre sur le trottoir. Sans réfléchir, par pur instinct, Grant se plaça sur la trajectoire de l'homme et l'arrêta net. L'autre laisser tomber un objet qui cliqueta contre le goudron quand Grant le plaqua au mur.

— Lâchez-moi !

Un relent de sueur et de désinfectant bien trop familiers l'alerta : le genre d'odeur qui accompagnait les jeunes de son ancien quartier, lorsqu'ils commençaient à travailler pour le cartel.

— Qu'est-ce que tu faisais dans ce magasin ?

L'homme redressa finalement la tête. Il était d'une maigreur à faire peur. Il sourit, révélant des dents jaunes.

— J'achetais juste des fleurs.

Grant baissa les yeux, et se raidit en avisant l'objet qui gisait sur le trottoir.

— Où as-tu trouvé cet ordinateur ?

Le drogué était assez sobre pour percevoir qu'il était en danger.

— Je ne veux pas d'ennuis, gémit-il en blêmissant. Je...

Une sirène interrompit ce qu'il allait dire. Grant tourna la tête au moment où une voiture de police s'arrêtait devant La Campanule.

— Officiers ! cria-t-il quand deux agents en sortirent.

— Va l'aider, lança une policière à son collègue, avant de s'engouffrer dans La Campanule.

Grant dut faire un effort suprême pour ne pas jeter son prisonnier aux pieds du policier et se précipiter vers le magasin. Une fois le suspect menotté, il ramassa le portable et courut vers la porte. Au même instant, une ambulance tourna le coin de la rue et s'arrêta dans un crissement de freins face à la devanture.

Non.

Sirènes et gyrophares ravivèrent un passé douloureux. Il se rappelait l'agitation dans la rue, le corps de son père dans les bras de sa mère. Il était arrivé trop tard...

Por favor, não.

Il déboula dans le magasin, la poitrine comprimée par un étau d'acier. Alexandra était assise sur un tabouret, et grimaçait tandis que la policière posait un linge mouillé sur l'estafilade qui lui barrait le front. Un rugissement furieux lui emplit les oreilles, sa vue se troubla un instant d'un voile rouge.

Elle aurait pu être tuée.

Il entendit quelqu'un prononcer son nom au loin.

— Grant ? Grant, qu'est-ce que tu fais ici ?

— Tu as oublié ton manteau au Met.

Sourcils froncés, la jeune femme baissa les yeux. Son visage s'éclaira lorsqu'elle avisa son ordinateur.

— Tu as récupéré mon portable !

Elle voulut se lever, mais la policière mit une main sur son épaule.

— Madame, il faut que le médecin vous examine.

— Je vais bien. Il m'a juste donné un petit coup sur la tête. Tout va bien.

— Non, tout ne va pas bien, intervint Grant d'un ton féroce. Tu vas à l'hôpital.

La policière le dévisagea d'un air sévère, puis se tourna vers Alexandra.

— Quelqu'un a besoin d'une leçon de bonnes manières, mais je suis d'accord. Une blessure à la tête peut être sérieuse. Et lorsque le choc passera, la douleur risque de s'accentuer.

Alexandra croisa de nouveau le regard de Grant, puis ses épaules s'affaissèrent.

— Très bien.

Il était minuit passé lorsque la limousine de Grant s'arrêta devant la librairie. Un coup d'œil à Alexandra, recroquevillée dans un coin de la banquette, et Grant prit une décision.

— Vous pouvez rentrer, Ralph, dit-il à son chauffeur. Je vais raccompagner Mlle Moss à son appartement et y passer la nuit.

Sans trahir la moindre surprise, Ralph acquiesça.

— Bien, monsieur.

— Tu ne passes pas la nuit chez moi, protesta la jeune femme tout en s'efforçant de défaire sa ceinture. Je vais bien.

— Tu as une tête de déterrée, répondit brutalement Grant.

Il mit pied à terre, contourna le véhicule, puis se pencha pour soulever Alexandra dans ses bras.

— Que... qu'est-ce que tu fais ? demanda-t-elle avec un hoquet stupéfait.

— Je te porte.

— Je peux marcher. J'ai reçu un coup à la tête, mais mes jambes vont bien.

— Tu as aussi pris des antalgiques et tu as reçu un choc. Pour couronner le tout, ton demi-frère et sa fiancée ne sont pas en ville ce week-end. Et tu as dit au médecin que tu n'avais personne d'autre à contacter.

Un détail qui avait ravi Grant, même si la vie sentimentale de la jeune femme ne le regardait pas. Il n'y avait plus rien entre eux. Pour autant, il ne pouvait s'empêcher d'éprouver un étrange sentiment de jalousie lorsqu'il l'imaginait avec un autre.

— Si tu ne me laisses pas te porter, je te renvoie sur-le-champ.

Elle se renfrogna, mais décida de ne pas vérifier s'il bluffait. En traversant la cour, le parfum d'Alexandra dans les narines, il prit soudain conscience de ce qu'il faisait. De nouveau, il tenait la femme qu'il avait aimée dans ses bras, sentait le poids de sa tête au creux de son épaule, là où elle aimait se blottir après l'amour. Il avait eu quelques compagnes après elle, d'agréables expériences qui n'avaient jamais rivalisé avec ce qu'il avait connu autrefois. Avoir été le premier amant d'Alex ajoutait encore à l'intensité de ce qu'ils avaient vécu. Un vif instinct protecteur s'emparait de lui en sa présence.

Ce soir, pourtant, elle n'avait pas paru avoir besoin de lui. Elle avait tenu tête à son agresseur, appelé les secours, et au lieu de fondre en larmes dans ses bras, elle avait été stoïque durant toute l'épreuve. Cette force l'avait surpris, car il se souvenait d'une jeune femme passionnée mais peu encline à se faire remarquer, qui préférait désamorcer une crise d'un sourire ou en battant en retraite.

Ce soir, elle n'avait pas battu en retraite. D'une voix ferme, elle avait répondu aux questions du médecin, puis s'était disputé avec Grant quand il avait annoncé prendre en charge ses frais d'hospitalisation.

— C'est ridicule, avait-elle protesté, sous le regard amusé de l'infirmière. Je peux payer.

— Pas vraiment, si tu es honnête. Accessoirement, tu étais au magasin ce soir à cause de moi. Je suis donc responsable.

— Tu n'es pas responsable de mon bien-être.

Malgré ses protestations, il l'avait emporté. Mais un détail encore de ces heures mouvementées le troublait : cela faisait longtemps qu'il n'avait pas eu si peur. Pas depuis l'époque où sa mère et lui vivaient dans un minuscule appartement du Lower West Side, lorsque le moindre coup à la porte le faisait empoigner sa batte de base-ball, de peur qu'il ne s'agisse du cartel.

Bien sûr, il avait eu peur en apprenant qu'Alexandra avait été agressée. Mais il redoutait plus encore les sentiments qui renaissaient en lui, dont le moindre n'était pas l'admiration qu'il éprouvait pour elle. Rien de tout cela ne faisait partie de son plan.

Alexandra s'assoupit une seconde lorsqu'il atteignit son porche, puis se réveilla en sursaut.

— Ma clé...

— Où est-elle ?

Fouillant dans ses poches, elle en tira une clé attachée à une chaîne. Grant se baissa assez pour lui permettre d'ouvrir, puis claqua la porte d'un coup de pied et se dirigea vers l'escalier.

— Tu peux me reposer, maintenant.

À en juger par sa voix traînante, les antalgiques administrés par l'hôpital commençaient à faire effet.

— Si je te reposais, tu dévalerais l'escalier.

— M'étonnerait..., marmonna la jeune femme, qui enfouit son visage dans son épaule.

Querido Deus. Il se sentit durcir, et resserra son étreinte autour d'elle. Il méritait l'enfer pour penser à ce genre de chose après la soirée qu'elle avait passée. Mais il ne pouvait rien contre la bouffée de chaleur familière qui envahit son corps.

La porte de l'appartement était restée ouverte. Une chance, car Alexandra semblait s'être endormie. Il avança dans le salon, notant du coin de l'œil le canapé aux couleurs passées, le tapis qui laissait voir sa trame. Pendant des années, il s'était imaginé, quand il s'autorisait à penser à Alex, qu'elle avait trouvé un moyen de vivre dans le luxe auquel elle était habituée, par un mariage avantageux. Pas un instant il n'avait imaginé un tel appartement, qui exsudait malgré le manque de moyens une étonnante impression de confort. Des plantes étaient alignées sous la fenêtre, un fauteuil confortable placé sous des étagères chargées de livres. Des livres d'occasion, pas les éditions rares qui faisaient la fierté de David Waldsworth, lequel ne perdait jamais une occasion de faire visiter sa bibliothèque dans les Hamptons.

Il se dirigea vers le lit, obnubilé par la question qui le taraudait depuis qu'il avait revu Alex : qui était-elle ? Qui était-elle *vraiment* ? Chaque fois qu'il croyait y répondre, Alex révélait une facette d'elle-même qui le déroutait.

Avec d'infinies précautions, il la déposa sur les draps. Le lit grinça, protestant de ses ressorts usés. Grant frissonna et, sourcils froncés, regarda le thermostat, réglé bien bas pour le printemps new-yorkais. Lui-même avait passé plus d'un hiver sans chauffage, plus d'un été avec les fenêtres ouvertes en guise de climatisation quand il était adolescent. Il savait ce que c'était que de vivre avec de petits moyens. Mais d'imaginer Alexandra dans un tel dénuement le dérangeait. Comme dans son magasin, elle avait fait de son mieux pour égayer son quotidien. Mais il faudrait davantage qu'un pot de peinture et quelques plantes pour effacer la réalité.

Ce n'est pas ton problème.

Il s'apprêtait à se lever lorsque Alexandra laissa échapper un soupir.

— Grant...

Il ferma les yeux, luttant contre la tentation, fit taire la petite voix qui lui murmurait de s'allonger près d'elle et alla prendre place dans le fauteuil sous les étagères. Il resterait là jusqu'à l'aube au cas où elle aurait besoin de lui.

Dix minutes plus tard, la jeune femme soupira de nouveau et roula sur le côté, libérant un espace à côté d'elle. Grant leva les yeux au ciel, furieux contre lui. Il s'était fourré de lui-même dans cette situation. C'était lui qui avait insisté pour la raccompagner et pour jouer les héros, alors qu'elle n'en avait que faire. Alexandra était devenue une femme forte, indépendante.

Mais peut-être l'avait-elle toujours été ? songea-t-il, s'efforçant de trouver une meilleure position sur son siège. Elle ne lui avait paru ni indécise ni fragile le soir où elle lui avait brisé le cœur. Était-il possible qu'il se fût trompé sur son compte ? Cet acier trempé avait-il toujours été là, caché derrière une beauté si spectaculaire qu'il ne l'avait jamais remarqué ?

La question tourna dans sa tête jusqu'au moment où il s'endormit enfin, une heure plus tard. Sa dernière vision fut celle d'Alexandra pelotonnée dans son lit, le visage paisible, un léger sourire au coin des lèvres.

8

Après avoir placé le dernier bouquet dans le réfrigérateur, Alex étudia les orchidées entourées de roses rouges d'un œil critique. Les invités de Grant, en arrivant le lendemain, découvriraient des fleurs fraîches dans leur chambre avant d'assister au cocktail, puis au dîner sur la terrasse. Elle n'aurait pas une seconde à elle, ce qui lui convenait parfaitement : elle n'aurait pas le temps de penser aux événements des derniers jours.

Le samedi matin après son agression, elle s'était réveillée avec un violent mal de tête. Sur sa table de nuit, des cachets et un verre d'eau l'attendaient. De Grant ne restait qu'une odeur de cèdre et d'ambre, un parfum qui lui collait toujours au corps malgré les douches répétées qu'elle avait prises pour l'effacer. Elle s'en était voulue de l'avoir autorisé à la porter, et plus encore de constater que le souvenir de ces moments la faisait frissonner.

L'après-midi, elle s'était forcée à se rendre au magasin. Elle y avait traité les quelques commandes qui lui étaient parvenues pour des anniversaires ou des remises de diplômes, puis avait travaillé sur les arrangements à livrer pour le brunch du lundi matin. Le dimanche, elle avait publié deux offres d'emploi à mi-temps, un luxe rendu possible par l'avance reçue du groupe Pearson. Alex aurait voulu pouvoir réengager Sylvia, mais son ancienne employée avait trouvé un nouveau travail, précisément chez l'un des grossistes qui livreraient les fleurs chez Grant cette semaine. En six mois d'existence de La Campanule, Alexandra n'avait jamais été aussi occupée.

Le jeu en valait la chandelle. Elle s'était rendue peu après l'aube à la bibliothèque, et avait déridé une assistante bougonne en lui offrant un bouquet de marguerites fraîches. Des fleurs toutes simples, mais un geste qu'elle tenait à faire pour le personnel, trop souvent ignoré, grâce auquel ce genre d'événement se déroulait sans accroc. L'employée l'avait menée à Astor Hall, la salle immense, toute en arches et marbre blanc, où aurait lieu le premier événement organisé par Pearson. Les tables n'attendaient plus que leur arrangement, le même que celui qu'elle avait présenté à Grant le jour de leurs retrouvailles.

En partant, Alex avait déposé un dernier bouquet sur la table située au pied de l'imposant escalier de marbre : un mélange de roses, de dahlias, d'orchidées et de branches d'eucalyptus placé dans un vase qu'elle avait acheté dans une brocante. Il attirait l'œil vers la table où se trouvaient les rapports financiers et la présentation du groupe Pearson.

Elle en avait profité pour consulter la biographie de Grant. Jessica lui avait demandé son avis sur la photo à utiliser pour l'illustrer, et lui en avait présenté trois. Sur les deux premières, posées, Grant impressionnait par sa beauté et sa sévérité. Sur la dernière, prise alors qu'il parlait à des clients en Californie, il souriait de toutes ses dents, sans avoir conscience de la présence du photographe. Alex l'avait choisie sans hésiter.

Elle était sortie de la bibliothèque au moment où les équipes du traiteur arrivaient, et avait à contrecœur embarqué dans l'hélicoptère que Grant lui avait proposé pour lui éviter de rester coincé dans les embouteillages à destination des Hamptons. Elle avait passé l'après-midi à décorer les chambres et les salons, et terminé par les zinnias roses qu'elle avait choisis pour agrémenter la terrasse, présentés dans des vases de verre ronds dont débordaient de longues branches de lierre.

Son travail achevé, Alexandra fit un pas en arrière et s'autorisa un sourire satisfait. Elle était épuisée et fière. C'était exactement ce qu'elle avait envisagé en ouvrant La Campanule. De longues journées remplies de fleurs, d'occasions de rendre la vie plus belle grâce à leur magie.

Elle fit un dernier tour des réfrigérateurs horticoles que Laura Jones avait loués, et qui avaient été installés au sous-sol, pour s'assurer qu'ils étaient bien fermés. Puis elle regagna le rez-de-chaussée. Après avoir dépassé une buanderie qui faisait la taille de son appartement, elle entra dans l'immense cuisine. La pièce ouvrait directement sur la piscine à débordement et, au-delà, sur une plage privée délimitée d'un côté par une barrière de bois fraîchement peinte en blanc, de l'autre par l'océan Atlantique.

Alexandra s'attarda quelques instants face à la vue, profitant de la solitude et du silence avant l'agitation du lendemain. Peut-être se ferait-elle un sandwich avant de regagner sa...

Un cri de frayeur lui échappa lorsqu'une ombre se détacha du mur non loin d'elle.

— Grant ! Bon sang, tu m'as fait une de ces peurs !

— J'en suis navré, répondit l'intéressé avec un sourire qui laissait supposer le contraire. Ce n'était pas mon intention.

— Je ne savais pas que tu étais là.

— C'est chez moi.

— Bien entendu. Je pensais juste que tu arrivais demain.

Grant entra dans la cuisine, qui parut aussitôt rétrécir sous l'effet de sa présence.

— Je tenais à être là en avance, au cas où tu aurais besoin de moi.

— Je vois.

— Tu travailles toujours ?

— Je viens de finir. Si tu veux jeter un œil à ce que j'ai prévu...

— Je te fais confiance, Alexandra.

Malgré elle, Alex sursauta. Voilà des paroles qu'elle ne s'était pas attendue à entendre. Grant semblait tout aussi surpris de les avoir prononcées. Depuis l'agression qu'elle avait subie, il semblait... plus doux. Alexandra espérait, presque malgré elle, qu'ils laissaient enfin le passé derrière eux. Ou peut-être Grant l'avait-il prise en pitié. Quoi qu'il en fût, elle n'était pas fâchée de le voir se réchauffer lorsqu'il s'adressait à elle.

— Eh bien... merci.

— Tu as mangé ?

L'estomac d'Alexandra émit aussitôt un grognement sonore. Elle rougit quand son compagnon se mit à rire.

— Voilà qui répond à la question. Je n'ai pas eu le temps de dîner avant de quitter New York. Il devrait y avoir des plats froids dans le réfrigérateur. Sara m'en prépare lorsqu'elle sait que je viens.

Alexandra avait fait la connaissance de Sara, la gouvernante, un peu plus tôt : une femme souriante, dont la voix tonitruante contrastait avec sa frêle silhouette. Elle avait exprimé son admiration pour le travail d'Alex, ce qui lui avait valu de repartir avec son propre bouquet.

— Je l'ai rencontrée tout à l'heure. Elle est très gentille.

— En effet, confirma Grant, sourcils légèrement froncés.

— Tu as l'air surpris.

— Non. C'est juste que je l'ai toujours appréciée pour son efficacité. Je ne l'ai jamais considérée sous un autre angle. Tu veux un verre de vin ?

Alexandra tressaillit, prenant soudain conscience de ce qu'il lui proposait.

— Tu suggères que... nous dînions ensemble ?

— Je pensais que c'était clair.

— Non. Je croyais que tu me proposais de me servir dans ton réfrigérateur. Il n'est pas courant qu'un client dîne avec son employée.

Avec une grimace, Grant ouvrit le réfrigérateur et en sortit un plat aux poignées ouvragées, sur lequel étaient disposés des fromages, des légumes, des biscuits faits maison et diverses sauces dans de petits bols en porcelaine.

— Sara fait toujours à manger pour trois ou quatre, ce qui me permet de m'alimenter pendant plusieurs jours.

Il lui servit du vin, qui tournoya dans le verre en libérant une effervescence dorée.

— On dirait du champagne.

— C'est un chardonnay de Rio Grande do Sol. Le Brésil est un gros exportateur de vins pétillants.

Une évidente fierté perçait dans sa voix. Alexandra but une gorgée et haussa un sourcil admiratif.

— C'est délicieux.

Le sourire de Grant, inattendu, la frappa en plein plexus. Un sourire large, sincère, généreux, qui transforma son visage. C'était la première fois qu'elle le voyait vraiment heureux depuis qu'ils s'étaient retrouvés.

— Ma cousine produit ce vin. Je crois qu'elle va avoir du succès.

Une question titilla soudain Alex, qui la ravala de justesse. Baissant les yeux vers l'assiette que Grant venait de pousser vers elle, elle fourra un raisin dans sa bouche.

— Qu'y a-t-il ?

Tout en s'efforçant de ne pas rougir, elle répondit de son ton le plus dégagé :

— Rien du tout.

— Nous ne nous sommes pas vus depuis longtemps, mais je sais quand tu me caches quelque chose...

Alexandra songea un instant à nier, puis se ravisa. À quoi bon ? Elle avait assez menti à Grant.

— Les photos, dans ta chambre... Elles viennent du Brésil.

— C'est exact.

— Ton pays te manque ?

Son compagnon prit une inspiration, puis fixa un instant son verre avant d'acquiescer.

— Tous les jours, oui. J'ai passé la majeure partie de ma vie aux États-Unis, mais j'ai l'impression de ne pas être entier. Ma famille, mon héritage... tout est là-bas, à Fortaleza.

Alex l'étudia en silence, ébranlée par la souffrance qui perçait dans sa voix. Même ce que son père lui avait fait vivre n'était rien en regard des horreurs que Grant avait dû affronter dès son plus jeune âge, et qui continuaient de le hanter.

— Tu penses que tu y retourneras un jour ?

Verre à la main, Grant se leva pour se poster devant la fenêtre.

— Je pense m'y rendre cette année. Et si ce voyage se passe bien, j'y emmènerai ma mère au printemps prochain.

— Mais… tu ne m'avais pas dit que ta mère serait en danger, si elle y retournait ?

Grant se tourna vers elle, un sourire féroce aux lèvres.

— Le cartel qui a tué mon père était brutal mais petit, et désorganisé. Quand j'ai commencé à gagner de l'argent, je n'ai pas eu de mal à leur créer des problèmes. Une livraison retardée, une descente de police… La rumeur a commencé de circuler que l'assassin de mon père était un indic. Il a été tué l'an dernier, et tous ses sbires arrêtés.

Alex le dévisagea avec effroi, et il ajouta avec un rire noir :

— Je te rassure : je ne l'ai pas fait éliminer.

— Non, je ne…

— Tu te posais la question. Tout comme je me la suis posée. Le ferais-je tuer, si j'en avais l'occasion ?

Il avala une gorgée de vin, puis reprit :

— Je suppose que maintenant tu trouves que j'appartiens encore moins à ton monde ?

— Pardon ?

Grant partit d'un rire dur, les lèvres déformées par un rictus amer.

— Ne le nie pas. C'est à cause de moi que ce salaud a été descendu, même si je ne l'ai pas fait personnellement. Et quand j'ai appris sa mort, crois-moi, je n'ai pas versé une larme. J'ai beau porter des vêtements hors de prix, tu me vois toujours comme un délinquant.

— Ne me fais pas dire ce que je n'ai pas dit, répliqua Alexandra, reposant son verre plus sèchement que nécessaire. Tu veux savoir ce que je pense ? La dernière fois que j'ai vu mon père en prison, il s'est montré vicieux, cruel, au point que quand je l'ai quitté, je me rappelle avoir espéré qu'il mourrait en détention. Alors non, je ne pense pas que tu sois un monstre, Grant, pour avoir voulu venger ton père, pour t'être assuré que ta mère puisse rentrer chez elle sans craindre pour sa vie. Je crois que tu es un être humain parfaitement normal, qui a réussi à faire quelque chose de sa vie, et qu'il est grand temps que tu t'accordes un peu de crédit pour ce que tu as accompli ces neuf dernières années.

Grant la dévisagea, visiblement intrigué par sa tirade.

— C'est vraiment ce que tu ressens ?

— Oui.

En un seul pas, il franchit la distance qui les séparait. La colère d'Alexandra se transforma instantanément en une sensation de chaleur troublante. Sa respiration changea, et elle s'en voulut de cette manifestation de faiblesse. Mais comment la contrôler ? Grant avait toujours eu cet effet sur elle, dès leur première rencontre dans le jardin de son père.

— C'est bon à savoir.

Ses lèvres se refermèrent sur les siennes, sans un avertissement, avec une possessivité qui arracha à Alex un hoquet de stupeur. Elle ne perdit pas pour autant une seconde à se demander s'il s'agissait d'une bonne idée. Nouant ses bras autour de son cou, elle lui rendit son baiser avec une passion qu'elle avait passée neuf ans à réprimer. Grant prononça son nom dans un soupir, referma ses mains sur ses hanches et l'assit sur le plan de travail. Puis il ouvrit ses cuisses et se plaça entre elles, comme pour mieux lui faire sentir la puissance de son érection.

— Grant, souffla-t-elle. Oh ! Grant...

Du bout des doigts, elle parcourut son visage pour en redécouvrir angles, creux et courbes, si familiers malgré le temps passé. Des larmes, inattendues, lui brûlèrent les yeux. Malgré le désir qui les emportait, elle percevait, plus violente encore, cette union secrète de leurs âmes, cette certitude que personne ne l'aimerait jamais comme il l'avait aimée.

Le claquement d'une porte, quelque part dans la maison, pénétra sa transe. Quelqu'un appela Grant, et ils se séparèrent tous deux en sursaut pour se fixer, pantelants, en proie à un mélange de stupeur et de désir.

— Monsieur Santos ?

Jessica.

Alexandra descendit en hâte du plan de travail, puis fonça vers la buanderie et y disparut au moment même où Jessica, dans un cliquetis de talons, pénétrait dans la cuisine.

— Bonsoir.

Alexandra s'enfonça dans la buanderie, le cœur battant, horrifiée par son manque de professionnalisme. Elle avait embrassé son employeur sur le plan de travail de la cuisine, la veille d'une prestation susceptible de changer son avenir professionnel. Et maintenant, elle se cachait.

Comme d'habitude, tu fuis. Rien n'a changé.

— Voici les affaires que vous avez demandées, fit la voix de Jessica. Mlle Jones, Mlle Moss et moi-même ferons une dernière réunion demain matin pour nous assurer que tout est en place.

— Merci, Jessica.

— De rien, monsieur. Passez une bonne nuit.

Détectait-elle un sous-entendu taquin dans la voix de Jessica ? Certainement pas. Alexandra avait apprécié sa visite du Metropolitan Museum en sa compagnie, mais l'assistante ne semblait pas capable de se départir de son ton pincé.

La buanderie communiquait avec un couloir de service, lequel desservait à son tour les étages. Sans demander son reste, Alex emprunta l'escalier qui menait à sa chambre. Elle n'était pas prête à affronter Grant, pas après ce qui venait de se passer entre eux.

La porte fermée, elle s'adossa au battant et ferma les yeux. Elle avait été stupide de céder si rapidement à son ancien amant et de lui montrer, ce faisant, à quel point il la troublait encore. Il n'y avait rien d'autre entre eux qu'un passé douloureux, une fracture irréparable.

Demain, songea-t-elle, se raccrochant à ce mot comme à une bouée en pleine tempête. Le lendemain matin, elle repartirait de zéro, garderait ses distances, se comporterait en parfaite professionnelle. Et elle prendrait soin, cette fois, de ne plus se retrouver seule dans une pièce avec Grant Santos.

9

Le soleil couchant embrasa le ciel d'un mélange de rose, d'orange et de pourpre. De haut-parleurs soigneusement dissimulés montaient les accents d'un jazz dansant et joyeux. Les invités circulaient entre les trois tables rondes décorées d'arrangements spectaculaires et chargées de vaisselle de porcelaine, de verres en cristal et de bougies.

Alexandra surveillait la scène depuis un coin de la terrasse, consciente des regards curieux qui se tournaient parfois dans sa direction. Par chance, elle ne reconnut personne de sa jeunesse dans les Hamptons, mais elle ne pouvait se départir d'une certaine nervosité.

S'il n'avait tenu qu'à elle, elle aurait regagné sa chambre depuis longtemps. Mais Jessica, après leurs dernières vérifications du matin, avait insisté pour qu'elle fût présente, et interrompu ses protestations d'un geste impérieux.

— Les invités ont été très impressionnés par vos arrangements. Certains auront peut-être des questions ou, à tout le moins, apprécieront de vous rencontrer.

— Me rencontrer ? Allons, ils n'ont que faire de la fleuriste.

— Si je me souviens bien, l'un de vos arguments de vente, lors de votre présentation à M. Santos, était un service personnalisé que d'autres sociétés ne proposent pas. Assister à la soirée en serait la preuve.

Alexandra était piégée, et Jessica le savait. En dernier recours, elle avait fait valoir qu'elle n'avait empaqueté qu'une robe d'été. L'assistante de Grant avait disparu dans les étages et en était revenue avec un grand sac violet, frappé du logo argenté d'une marque qu'Alexandra avait appréciée du temps où sa famille avait de l'argent.

— Qu'est-ce que c'est ?

— Vous avez mentionné cette marque comme étant l'une de vos préférées, quand je vous ai fait visiter le musée. Je me suis permis de sélectionner quelques tenues au cas où vous en auriez besoin.

Venant de n'importe qui d'autre, le geste aurait pu être insultant, mais Jessica n'avait qu'un souci en tête : la réussite de la soirée. Et Alex devait bien avouer qu'après des années à porter des vêtements d'occasion elle avait eu l'impression d'être une gamine découvrant ses cadeaux de Noël lorsqu'elle avait ouvert le sac.

Une robe en particulier l'avait aussitôt séduite, vert sauge, avec un décolleté en cœur et une jupe longue, fendue sur la cuisse. Mais elle avait hésité, se demandant ce que Grant en penserait – une entorse au professionnalisme qu'elle s'était juré d'adopter. Elle avait donc choisi une autre tenue, une robe blanche sans décolleté, parcourue de bandes de tissus bleues qui semblaient tournoyer au moindre de ses pas. Le vêtement était élégant tout en étant discret, et lui donnait un sentiment de confiance en elle qu'elle n'avait pas éprouvé depuis longtemps.

Pouvoir se mêler aux invités de Grant, de plus, était une occasion unique de lier de précieux contacts. À cet effet, elle avait glissé quelques cartes de visite dans la poche de sa robe. Le seul problème, c'était que son projet de se tenir à distance de son employeur avait fait long feu. Il se trouvait en cet instant à quelques mètres d'elle, en pleine conversation avec un couple aux cheveux argentés et une brune souriante. Pour l'avoir entendu parler à d'autres invités, elle savait que Grant ne ressemblait en rien à son père, lequel se comportait dans ce genre d'événement en marchand de tapis. La conversation de Grant était décontractée, pleine d'humour, sincèrement amicale.

Sa rigidité s'était évanouie. Tandis qu'il parlait au couple et à la jeune femme, probablement leur fille, son sourire rappela à Alex celui qu'elle avait vu sur sa biographie à la bibliothèque, authentique et chaleureux. Apparemment, elle était la seule à le rendre irritable.

— Cette robe vous va à ravir, observa Jessica en la rejoignant.

— Merci. Je n'ai rien porté d'aussi beau depuis longtemps. J'ai hâte de mettre la verte pour le gala au Met. J'ai eu l'impression d'être Cendrillon quand je l'ai sortie de sa housse.

— Il ne vous manque plus que des pantoufles de verre.

— Un jour, j'ai vu une paire de Louboutin qui leur ressemblait en tout point.

— Après votre travail pour le groupe Pearson, vous pourrez vous offrir toutes les Louboutin que vous voulez.

Jessica n'avait pas tort. Mais Alex avait plutôt l'intention d'investir dans son entreprise.

— Nous verrons.

— En attendant, j'aimerais vous présenter un invité.

D'un geste, Jessica l'invita à la suivre et se dirigea vers un homme en polo bleu sombre. Comme Alexandra passait devant Grant, elle saisit un bout de sa conversation.

— ... je ne suis pas sûr que notre fonds soit ce qu'il vous faut pour le moment, monsieur Friedman. Nous pourrions nous revoir l'an prochain et en rediscuter.

De surprise, Alex faillit lâcher son verre. Jamais son père n'aurait laissé échapper un client potentiel. Oui, Grant avait changé. Mais les qualités qu'elle avait admirées bien des années plutôt, comme son honnêteté et son sens de l'honneur, étaient intactes. Et c'était là tout le problème : elle aurait eu moins de mal à garder ses distances s'il s'était transformé en ogre.

— Alexandra, je vous présente Dan Perri. Son épouse et lui voulaient en savoir un peu plus sur vos arrangements.

— Kimberly voulait partir avec l'arrangement qui nous

a accueillis au brunch d'hier, confirma l'intéressé en riant. Il était magnifique.

— Merci, monsieur Perri. Le compliment me va droit au cœur.

— Je ne connaissais pas votre magasin. Vous faites d'autres événements dans ce genre ?

Réprimant un frisson d'excitation, elle acquiesça.

— Bien sûr. Nous ne sommes ouverts que depuis six mois, mais la satisfaction de nos clients est notre meilleure carte de visite.

— En effet. Mon entreprise cherche justement un fleuriste pour la saison des fêtes. Nous organisons en général trois ou quatre événements entre Halloween et le nouvel an. Seriez-vous disponible sur cette période ?

Un quart d'heure plus tard, Alex avait distribué plusieurs cartes de visite et accepté une demande pour un dîner d'anniversaire en juillet. Dans son excitation, elle faillit percuter une invitée qui sortait en trombe de la maison.

— Je suis désolée, je...

Elle s'interrompit en avisant les yeux rougis de la femme, et ses joues couvertes de mascara.

— Tout va bien ?

L'autre renifla et se frotta le nez. Vêtue d'une robe à rayures blanches et bleues, elle arborait un chignon si élaboré qu'il aurait pu passer pour une œuvre d'art. Au jugé, elle devait avoir trois ou quatre ans de plus qu'Alex.

— Tout ira bien quand j'aurai quitté cet endroit !

Sa voix aiguë attira l'attention de quelques invités, qui ne se privèrent pas d'étudier la scène avec curiosité. L'un des investisseurs auquel Jessica l'avait présentée – Steve-quelque-chose – laissait même paraître une expression d'effroi. Apparemment, une femme en larmes l'effrayait davantage que les tempêtes financières. Ni Jessica ni Laura n'étaient en vue, et Grant parlait toujours aux Friedman.

— Et si nous rentrions ? suggéra-t-elle gentiment.

L'autre recula aussitôt d'un pas.

— Qui êtes-vous ? Je ne vous connais pas.

Son haleine, lourde d'alcool, fouetta le visage d'Alexandra. Quel que fût son problème, elle avait essayé de le résoudre avec du vin.

— Je m'appelle Alexandra, et je suis la fleuriste du groupe Pearson. Quand je ne me sens pas dans mon assiette, j'ai tendance à fuir les foules de ce genre.

La femme cliqua des yeux, balaya l'assemblée du regard, puis baissa les yeux et murmura :

— D'accord.

Avec douceur mais fermeté, Alex la conduisit vers la cuisine où son amie Pamela s'affairait derrière les fourneaux. « Tout va bien ? », lui demanda cette dernière du bout des lèvres. D'un hochement de tête, Alexandra la rassura avant d'entraîner sa compagne dans la buanderie, où l'autre enfouit son visage dans ses mains.

— Je suis désolée. Je ne sais pas ce que vous devez penser de moi.

— Je ne pense rien du tout. Je me fais juste du souci pour vous.

— Mon... mon mari m'a annoncé que nous allions dans les Hamptons ce week-end. Je pensais que c'était pour notre anniversaire de mariage. Ce n'est qu'en arrivant que j'ai compris qu'il s'agissait d'un voyage professionnel.

Elle avait presque craché ces derniers mots, et Alex acquiesça avec compassion.

— J'imagine votre déception.

— Vous n'en avez pas idée. J'essaie de le convaincre de faire une thérapie de couple depuis un an. Tout ce qui l'intéresse, c'est combien il peut gagner. C'est devenu une obsession. Il ne fait même pas attention à notre fils.

Alexandra tira un verre d'eau et le tendit à la jeune femme, se retenant de la prendre dans ses bras. Combien de fois avait-elle entendu ses deux belles-mères exprimer la même frustration ? Son père les avait ignorées, et l'avait ignorée elle aussi. Elle ne comptait plus le nombre de récitals de piano ou de matchs de polo que son père avait manqués, activités qu'il lui avait imposées et qu'elle avait acceptées dans l'espoir illusoire de le satisfaire.

— Qu'a dit votre mari quand vous lui avez parlé de thérapie ?

— Qu'il n'avait pas le temps.

Alexandra hésita. Elle ne connaissait cette femme que depuis cinq minutes et n'était certainement pas la mieux placée pour dispenser des conseils relationnels. Mais les circonstances qu'on lui décrivait étaient douloureusement familières.

— Avez-vous pensé à... partir ? demanda-t-elle enfin.

La femme secoua ma tête.

— Non. Enfin, si. Mais le problème, c'est que je l'aime. Il n'a pas toujours été ainsi.

— Qu'est-ce qui a changé ?

— Un de ses amis a tout perdu dans une pyramide de Ponzi il y a deux ans.

Alexandra pâlit, l'estomac tordu par une soudaine nausée.

— C'est terrible...

— Et quand je dis tout, c'est tout. Sa femme l'a quitté, il a perdu son travail et sa maison. Depuis, Harry est obsédé par l'idée d'avoir « assez ». L'intention est bonne, mais mon mari me manque. Bon sang, je dois avoir une de ces têtes...

— Un petit coup d'eau froide sur le visage et il n'y paraîtra plus. J'ajouterai que votre coiffure est superbe.

— Je pensais que Harry m'emmenait dîner. J'ai passé deux heures à me préparer. Je ne sais pas... Peut-être que je devrais accepter la situation...

— Non.

Alexandra avait répondu sans hésiter, si vivement que la femme tressaillit.

— Je veux dire... vous semblez l'aimer. Moi aussi, autrefois, j'ai renoncé à une chose pour laquelle j'aurais dû me battre.

Depuis, je le regrette chaque jour. Si vous croyez que votre couple en vaut la peine, n'abandonnez pas.

La femme la fixa un long moment, puis lui adressa un pâle sourire.

— Merci... Alexandra ?

— Oui. Alexandra Moss.

— Je suis Lucy Hill. Vous n'étiez pas Alexandra Waldsworth, par hasard ?

Alex crut que le sol venait de s'ouvrir sous ses pieds. Elle voulut répondre, mais aucun son ne franchit ses lèvres. Aussitôt, Lucy agita une main aux ongles impeccablement vernis.

— Je suis désolée. C'était une question malvenue. J'ai bien connu votre belle-mère, Susan, et j'ai assisté à l'une des soirées qu'elle donnait à la fin de l'été.

Lucy, au moins, ne hurlait pas et ne tentait pas de lui arracher les cheveux, comme elle se l'était imaginé en cas de rencontre avec une personne surgie de son passé. C'était déjà ça de pris.

— Oui, c'est bien moi.

Avec douceur, Lucy lui posa une main sur l'épaule.

— Ne vous inquiétiez pas. La majorité des gens qui connaissaient votre père savent que votre belle-mère et vous n'étiez pour rien dans ses affaires.

— P... pardon ?

— Votre père était connu comme le loup blanc. Tout le monde vous plaignait, Finley et vous. Je suis ravie de voir que tout s'est bien terminé pour vous. Si j'omets le fait de devoir consoler une épouse en pleine crise conjugale, ajouta Lucy avec un rire penaud. Bon, je vais aller me refaire une beauté. Je ressemble à un raton laveur...

Alexandra laissa Lucy sortir sans un mot, puis s'adossa à un placard, sidérée par ce qu'elle venait d'entendre. Et dire que pendant toutes ces années elle avait cru être souillée par les actions de son père. Tout ça parce qu'un agent immobilier, un seul, avait refusé de lui louer une boutique... D'une exception, elle avait tiré une règle. Elle ne savait plus que penser.

— Mademoiselle Moss ?

Levant les yeux, elle vit un homme d'une quarantaine d'années, cheveux blonds et calvitie naissante, qui la dévisageait d'un air morose.

— Oui ?

— Je suis Harry Hill.

Seigneur, comment s'était-elle fourrée au milieu de cette histoire conjugale ? Malgré son désarroi, Alex se força à sourire.

— Enchantée, monsieur Hill. Votre épouse est partie se repoudrer le nez.

— J'ai tout entendu. Je suis un idiot.

— Un idiot, certainement pas. Nous faisons tous des erreurs.

Alexandra aurait voulu pouvoir s'éclipser – elle était fleuriste, pas conseillère en mariage – mais elle ne pouvait s'empêcher d'éprouver de la compassion pour les Hill. Contrairement à son père et ses hordes de maîtresses, les deux paraissaient sincèrement s'aimer.

— Je ne me rappelais même pas que notre anniversaire était ce soir. Et pas n'importe quel anniversaire de mariage : le dixième... Comment peut-on oublier une telle date ? murmura Harry Hill avec une grimace. Je ne lui ai même pas offert de fleurs.

— Sur ce point-là, déclara Alex avec un sourire, je peux vous aider. Si du moins...

— Oui ! l'interrompit son interlocuteur. Je ne veux pas perdre ma femme.

— Suivez-moi.

Lorsqu'ils émergèrent dans le foyer, Alex crut entendre le parquet grincer. Elle se retourna, s'attendant à voir Lucy sortir de la salle de bains, mais il n'y avait personne. Parfait. Elle n'avait besoin que de quelques minutes d'avance pour aider Harry à reconquérir son épouse...

10

Grant s'immobilisa sur le seuil de la cuisine, d'où il observa Alexandra en silence. Ses cheveux blonds remontés en chignon, ses dents blanches mordant sa lèvre inférieure sous l'effet de la concentration, elle venait de glisser une fleur dans un bouquet, puis de reculer d'un pas pour étudier l'effet d'un œil critique. Il l'avait peut-être embauchée pour les mauvaises raisons, mais il commençait à comprendre qu'il avait bien fait. Alexandra était une fleuriste extrêmement talentueuse. Plusieurs invités lui avaient fait des compliments sur la qualité des arrangements, et exprimé leur appréciation pour les cartes explicatives qui les accompagnaient.

Sitôt après avoir reçu ses hôtes à Astor Hall, il avait repris le chemin des Hamptons, éprouvant un soudain besoin de la voir. Elle, la femme dont il avait voulu se venger, tout comme il avait voulu se venger de ceux qui avaient tué son père. Il l'avait engagée pour lui jeter sa fortune au visage, pour l'humilier. Mais si elle l'avait senti, elle n'en avait rien laissé paraître. Elle avait fait bien pire : elle s'était jetée à corps perdu dans son travail. Il en était ressorti auréolé d'une réputation qu'il ne méritait pas.

Sous les ampoules à filament qui pendaient du plafond, la peau d'Alex luisait comme de l'or. Il ne regrettait pas de lui avoir acheté ces quelques robes à New York, même s'il avait demandé à Jessica de lui faire croire qu'elles venaient d'elle. Pourquoi ce geste ? Peut-être parce qu'il avait eu envie de lui faire plaisir, en secret, pour apaiser sa conscience. Elle aimait s'habiller, autrefois, et un coup d'œil aux tenues rapiécées de son placard lui avait permis de comprendre qu'elle n'avait pas dû le faire depuis longtemps. Elle n'avait simplement pas d'argent à consacrer à ces frivolités.

Quand il l'avait surprise qui lissait sa robe blanc et bleu, un sourire joyeux aux lèvres, il en avait éprouvé une satisfaction presque ridicule. Satisfaction aussitôt tempérée par les regards appréciateurs que certains de ses invités avaient posés sur elle, et qui avaient déclenché en lui une jalousie inexplicable. Il l'avait étouffée en se concentrant sur son travail.

Mais la tâche avait été pénible. Comment se consacrer à de stériles discussions financières – même si de ces dernières dépendait son avenir – lorsqu'il mourait d'envie de prendre Alex par la main et de l'entraîner jusqu'à sa chambre ? Puis il avait vu Lucy Hill sortir en trombe de la maison, et s'était préparé au pire. Il savait par ouï-dire que son mari et elle avaient des problèmes conjugaux, mais Harry Hill pesait plusieurs millions de dollars. Impossible de ne pas l'inviter. Et Jessica n'était nulle part en vue, trop occupée à gérer les traiteurs.

Son inquiétude n'était pas retombée quand il avait vu Alexandra entraîner Lucy à l'intérieur. Il lui avait fallu quelques minutes pour terminer sa conversation avec les Friedman, après quoi il était parti discrètement à la recherche des deux femmes. Il les avait trouvées dans la buanderie, au moment où Alexandra disait : « Moi aussi, autrefois, j'ai renoncé à une chose pour laquelle j'aurais dû me battre. »

Il savait, au fond de lui, qu'elle parlait d'eux. Il avait failli entrer dans la pièce pour réclamer des réponses, mais s'était retenu par respect pour Lucy, et parce qu'il n'était pas sûr d'être prêt à entendre la vérité. Puis il s'était caché en entendant Harry Hill arriver. Alexandra avait entraîné ce dernier vers les grands réfrigérateurs à fleurs, lui avait donné un bouquet et conseillé d'emmener Lucy au petit restaurant qui se trouvait un peu plus loin sur la plage.

— Il est ouvert jusqu'à minuit, et parfait pour un anniversaire de mariage, avait-elle expliqué, un sourire aux lèvres.

Ce sourire avait cueilli Grant en pleine poitrine, à lui en couper le souffle. Il comprenait à présent que cette prétendue quête de vengeance n'était qu'un écran de fumée. Ce qu'il voulait vraiment, ou plus exactement, ce dont il avait besoin, c'était de comprendre ce qui s'était passé neuf ans plus tôt. De comprendre comment une femme avec un tel sourire pouvait se montrer si cruelle.

Il devait lui parler franchement, décida-t-il avant d'entrer dans la cuisine. Il fallait qu'il lui demande les explications qu'elle lui devait depuis trop longtemps.

— Il est presque minuit.

Alexandra sursauta, et porta une main à sa poitrine en se retournant.

— Il faut que tu arrêtes de débouler comme ça, dit-elle avec un rire qui adoucit ses paroles.

— Encore au travail ?

— Oui. Je dois faire un dernier bouquet pour les chambres des invités demain.

— Parce que tu as donné l'un d'eux à Harry Hill.

La jeune femme fronça les sourcils, puis hocha lentement la tête lorsqu'elle comprit.

— C'était toi, dans le foyer... Je me disais bien que j'avais entendu le parquet craquer.

— Oui, c'était moi. J'ai vu Lucy pleurer, je voulais juste savoir ce qui se passait.

— J'ai dû jouer le rôle de thérapeute spécialisée dans les problèmes conjugaux. Ce n'était pas prévu.

— Et tu t'en es mieux sortie qu'une pro. Ça fait bien deux ans que j'entends parler des problèmes des Hill.

— Oui, j'espère que ça va s'améliorer, murmura Alex, détournant le regard.

— Ce n'était pas ta faute, tu sais...

— Pardon ?

— Ce que ton père a fait. Tu n'y étais pour rien.

Elle le fixa de nouveau, visiblement stupéfaite, puis soupira, se débarrassa de ses talons et se laissa tomber sur la chaise la plus proche.

— Il est difficile de ne pas se sentir responsable. Je n'ai jamais posé de question sur l'origine de notre fortune. Je ne faisais que prendre ce que mon père me donnait.

À son tour, Grant s'assit sur une chaise voisine de la sienne.

— C'est faux. Quand je t'ai rencontrée, tu travaillais dans le jardin. Tu n'as jamais été une gamine gâtée. Tu étais adorée de tous vos employés. Tu te souviens de Louis ?

— Bien sûr, répondit Alexandra avec un sourire. Il était adorable.

— Tu te rappelles quand il s'est foulé la cheville ?

— Très bien. Mon père a refusé qu'il arrête de travailler.

— Et tu lui as fourni mille alibis. Quand ton père voulait savoir où il était, tu lui inventais une tâche à l'autre bout du parc. C'est grâce à toi qu'il a gardé son travail.

— Je suis surprise que tu te souviennes de ça...

— Je me souviens de tout.

D'une main, il couvrit après une infime hésitation celle d'Alexandra. Une bouffée de désir monta en lui, mais il la repoussa pour se concentrer sur la question qu'il devait poser.

— Raison pour laquelle je ne comprends pas ce qui s'est passé cet été-là. Pourquoi tu as mis aussi brutalement fin à notre histoire.

Alex le dévisageait de ses yeux bruns, brillants comme ceux d'une biche. Le silence s'étira entre eux, et s'épaissit.

— Je n'ai pas eu le choix, Grant, répondit-elle enfin.

Avant qu'il pût répondre, elle secoua la tête.

— Non, ce n'est pas vrai. J'ai toujours eu le choix. Et j'ai fait celui de la peur.

— De quoi parles-tu ?

Alexandra inspira profondément, puis ferma les yeux. Saisi d'un pressentiment, Grant sentit son estomac se nouer. Que s'était-il passé, qui l'empêchait de le regarder dans les yeux ? Que lui cachait-elle ?

— Grant...

Elle s'interrompit, une larme sur la joue. Il la chassa du pouce, puis céda à la tentation et déploya ses doigts sur son visage. Avec un soupir, elle s'abandonna à cette caresse et répéta :

— Grant...

Cette fois, sa voix était rauque de désir.

Grant avait besoin de réponses, besoin de démêler le mystère de leur rupture. Mais tout cela attendrait. Pour le moment, il avait encore plus besoin *d'elle*.

Ce fut sa dernière pensée cohérente, juste avant de l'embrasser.

11

La chose avait été inévitable, songea Alexandra, glissant ses doigts dans les cheveux de Grant. Elle savait, au plus profond d'elle-même, que malgré toutes ses bonnes résolutions ils finiraient par entrer en collision l'un avec l'autre. C'était écrit depuis leurs retrouvailles dans un gratte-ciel de New York. Leur histoire avait été trop intense, trop passionnée. Impossible d'éviter l'embrasement.

Vif comme l'éclair, Grant la redressa pour l'appuyer contre le mur. N'importe qui pouvait entrer dans la cuisine, mais ce risque fit courir un frisson d'excitation dans le dos d'Alex. Il avait tellement envie d'elle, et elle de lui, que rien d'autre ne comptait. Pantelante, elle noua ses jambes autour de sa taille pour mieux sentir, malgré leurs vêtements, la puissance de son érection.

— Grant, gémit-elle. Oh ! Grant...

Avec un grondement sourd, il pivota et l'entraîna par l'escalier de service jusqu'à l'étage. Avec le peu de raison qui lui restait, Alexandra guettait le moindre bruit, hoquet de stupeur ou exclamation outrée indiquant qu'ils avaient été vus. Mais le silence régnait dans la bâtisse. Seul le bruit de leurs cœurs battants les accompagna jusqu'à la chambre, dont Grant claqua la porte derrière eux.

Trop occupée à l'embrasser, Alexandra ne se rendit pas compte qu'elle basculait, jusqu'au moment où elle sentit le matelas sous son dos. Lorsqu'elle rouvrit les yeux, Grant la relâcha et fit un pas en arrière. Elle se redressa sur les coudes, résistant à une furieuse envie de le retenir. Avait-il changé d'avis ?

— Tu es magnifique, gronda-t-il.

Sa voix la balaya tel un feu de forêt. S'enhardissant, elle lui sourit d'un air aguicheur.

— Tu n'es pas mal non plus.

Les années avaient transformé l'adolescent d'autrefois en un mâle alpha, au charme dévastateur. Un charme dont il usa aussitôt sur elle, lorsqu'il fit passer d'un mouvement souple sa chemise par-dessus sa tête.

Son torse apparut dans la clarté lunaire qui filtrait par les fenêtres - il évoquait une statue d'argent. Alexandra avait perçu, même habillé, le développement de ses muscles, mais le spectacle de son torse nu lui assécha la bouche. Ses pectoraux, parfaitement dessinés, accompagnaient des abdominaux tout aussi spectaculaires pour créer un fantasme ambulant, le genre d'homme qui avait hanté ses rêves d'adolescente.

— Je ne puis m'empêcher de remarquer que tu es toujours habillée.

Les joues brûlantes d'excitation, elle affronta son regard. Elle aurait rougi, neuf ans plus tôt, à ce défi tacite. Aujourd'hui...

— Je pense que tu devrais te déshabiller en premier, répondit-elle.

Grant sourit, visiblement surpris.

— Oh ! vraiment ?

— Oui.

Grant la fixa, le torse soulevé par une respiration hachée qui trahissait son désir. *Son désir pour elle.* Enfin, il mit ses mains sur sa ceinture, puis fit glisser son pantalon pour révéler un caleçon moulant. Malgré la pénombre, le dessin de son érection était bien visible derrière le tissu noir.

— Je continue ? la taquina-t-il.

— Pourquoi s'arrêter en si bon chemin ?

Une seconde plus tard, son caleçon valsa dans la pièce.

Alexandra le fixa, abasourdie par sa beauté. Neuf ans. Neuf longues années depuis la dernière fois qu'elle l'avait vu nu. Son trouble était tel qu'elle ondula sur le lit, les cuisses brûlantes de désir. Il lui adressa un sourire mi-provocant, mi-séducteur, et elle décida de passer à l'action. Glissant sur les draps, elle s'assit au bord du matelas pour refermer les doigts sur son membre rigide. Un soupir rauque franchit les lèvres de Grant.

— Alexandra...

À son tour, elle lui sourit.

— Tu m'as manqué, Grant.

Cet aveu les surprit tous les deux. Il la dévisagea longuement, avec une intensité qui la perturba. Soupçonnait-il que le désir n'était pas le seul moteur de sa passion, l'unique raison derrière son trouble ? Repoussant les questions, elle referma ses lèvres sur lui. Grant renversa la tête en arrière et laissa échapper un soupir tremblant tandis qu'elle le caressait du bout de la langue.

— *Deus*, Alexandra...

Les muscles de ses cuisses se crispèrent – il approchait de la jouissance. Alex frémissait d'excitation, troublée par le pouvoir qu'elle exerçait sur lui. Son parfum, cèdre et musc, l'enivrait, tout comme la nuit qui s'annonçait. L'abîme qui les séparait semblait s'être refermé. Ils se connaissaient intimement, et avaient appris beaucoup de choses depuis leur séparation.

— Assez, gronda-t-il.

Reculant d'un pas, Grant la força à se redresser. Ses lèvres conquirent les siennes en un baiser farouche, bref mais si intense qu'elle eut l'impression d'être marquée de son sceau. Puis il souleva sa robe et la fit glisser par-dessus sa tête, avant de disposer avec la même célérité de sa culotte et de son soutien-gorge. Le milliardaire suave et posé avait laissé place à un homme possédé par le désir.

Lorsqu'il posa les mains sur sa peau, une pensée traversa l'esprit d'Alex.

Comment ai-je pu renoncer à cela ? Pourquoi ne me suis-je pas battue pour lui ?

De nouveau, Grant recula pour l'étudier, se repaître du spectacle de son corps nu. Un souffle d'air frais lui courut sur la peau et lui fit l'effet d'un baume.

Concentre-toi. Profite de cette nuit et rends-la inoubliable. Pour vous deux.

Forte de cette résolution, elle redressa le menton et approcha de Grant. Il la regarda, mâchoire crispée et bras rigides le long du corps. Lentement, elle glissa ses mains autour de son cou, ne laissant entre leurs corps nus qu'un rai de lumière argentée.

Puis, tout doucement, elle se hissa sur la pointe des pieds et l'embrassa légèrement sur les lèvres.

— J'ai envie de toi.

Grant observait Alexandra, fascinée. Quand s'était-elle transformée en tentatrice ? Ils avaient toujours fait l'amour avec douceur et tendresse. Jamais elle ne s'était montrée si entreprenante, si frontale. Il en éprouvait un détonnant mélange de familiarité et de nouveauté. Et il comprit, à ce stade, qu'il ne pourrait pas lui résister. Il avait non seulement besoin d'un soulagement physique, mais de se reconnecter avec la femme qui l'avait connu mieux qu'aucune autre.

Une idée importune lui traversa l'esprit. Et si elle avait exploré sa sexualité, ces dernières années, dans les bras d'autres hommes ? Une bouffée de jalousie s'empara de lui, d'autant plus irrationnelle qu'il avait eu deux autres relations depuis leur rupture. C'était juste… qu'il ne pouvait imaginer l'idée qu'un autre la touchât.

Il sentit, peu à peu, que l'étreinte d'Alex se desserrait. L'audace qui embrasait ses pupilles vacilla, laissa place à une expression de doute. Aussitôt, il referma les mains sur ses hanches, puis remonta jusqu'à ses seins, qu'il effleura comme s'il touchait les ailes d'un papillon. Le message passa – leur désir était mutuel. Les explications attendraient.

— Moi aussi, j'ai envie de toi.

Il la rallongea sur le lit, prit un moment pour l'étudier avant de l'y rejoindre. Sa peau, sous la clarté de la lune, dégageait un halo doré. Ses seins, jusque-là cachés par des T-shirts informes, étaient plus pleins et plus ronds que dans son souvenir. Ses courbes s'étaient affirmées – elle avait quitté l'adolescence pour devenir une femme. Il se pencha enfin sur elle, satisfait de voir ses tétons durcir à mesure qu'il en approchait les lèvres. Il l'embrassa entre les seins, résistant à l'envie de se presser, de se perdre en elle sans attendre davantage. Cela faisait neuf ans qu'il rêvait de ce moment, il pouvait bien patienter encore un peu.

Il s'attarda sur ses aréoles, qu'il taquina du bout de la langue. Les poings d'Alexandra se refermèrent sur les draps en un mélange de joie et de frustration.

— Grant, je t'en supplie...

Redressant la tête, il attendit qu'elle croisât son regard et lui adressa un sourire carnassier.

— Alors, si tu me supplies...

Il plaqua ses poignets sur le matelas, puis descendit vers ses cuisses. Le premier baiser qu'il déposa sur les pétales moites de son sexe lui arracha un tel gémissement qu'il se demanda si toute la maison venait de l'entendre. Mais si c'était le cas, quelle importance ? Qu'y avait-il de plus naturel, de plus beau, que de faire l'amour à cette femme ? Son parfum l'envahit, son goût de miel et de plaisir éteignit ses derniers doutes. Sa langue succéda à ses lèvres tandis qu'il découvrait, doucement, son clitoris. Les doigts d'Alexandra se mêlèrent à ses cheveux et ses cuisses se refermèrent sur son visage tandis qu'il poursuivait ses caresses, la menant inexorablement vers l'abîme. En hâte, elle agrippa un oreiller et le plaqua sur son visage avant de jouir, parcourue de longs spasmes.

Tandis qu'elle reprenait son souffle, frémissante, Grant tendit la main vers la table de nuit et remercia la chance lorsqu'il y trouva une boîte de préservatifs. Il en sortit un, déchira l'emballage et s'en couvrit avant de se rallonger sur le lit, tout contre Alexandra. La sensation de son corps nu, sous son sexe rigide, manqua lui faire perdre tout contrôle de lui-même.

Il se positionna entre ses cuisses, raide de désir, quémanda d'un regard son accord, puis glissa lentement en elle. Son corps l'accueillit, s'adapta peu à peu à sa présence. Dents serrées, Grant ne bougea pas aussitôt, luttant pour ne pas perdre le contrôle de son désir. Enfin, il se pencha pour l'embrasser, et un soupir d'aise franchit ses lèvres. Ce simple baiser le ramenait chez lui, malgré les années, malgré la distance, et lui donnait pour la première fois en neuf longues années l'impression d'être redevenu lui-même. Il bougea, d'abord lentement, puis de plus en plus vite, buvant aux lèvres d'Alexandra ses hoquets de plaisir. Elle planta ses ongles dans son dos lorsque l'orgasme la cueillit une seconde fois, si intense qu'aucun son ne sortit de sa gorge. Il l'imita un instant plus tard, s'abandonnant en elle avec un soupir rauque.

Il aurait pu demeurer ainsi, alangui et délicieusement épuisé, mais il redoutait de l'étouffer sous son poids et se força à rouler sur le côté. Lorsqu'elle glissa vers le bord opposé du lit, il la captura d'un bras autour de sa taille.

— Où vas-tu comme ça ?

La jeune femme se retourna pour lui faire face, le regard voilé. Il avait lu en elle, autrefois, comme dans un livre ouvert. Plus maintenant.

— Je… c'était incroyable.

— Oui.

— Je… n'étais juste pas sûre…

— Que je veuille continuer ?

Il aurait été facile de profiter de ce moment pour se venger enfin, la rejeter comme elle l'avait fait et lui rappeler leur différence de statut social. Peut-être en aurait-il été capable le premier jour, quand elle était entrée dans son bureau. Mais les deux dernières semaines avaient changé la donne. De plus en plus, il soupçonnait qu'il ne savait pas tout sur leur rupture.

— Tu peux partir si tu veux, répondit-il. C'est ton choix. Personnellement, je serais ravi que tu t'attardes un peu. J'ai quelques idées sur la meilleure façon de nous occuper.

Elle le fixa un long moment en silence. Grant attendit, le cœur battant, se demandant ce qu'il préférait. Si elle restait, une nuit passionnée s'annonçait. Si elle partait, le répit lui permettrait de reprendre son souffle et de réfléchir à la suite des événements.

— Il vaut mieux que je te laisse, répondit-elle avec un sourire crispé.

La déception chassa le sentiment de bien-être dans lequel il baignait encore. Mais il ne fit rien pour la retenir quand elle se leva, et il la regarda se rhabiller à gestes vifs, comme si elle était pressée de le quitter. Une partie de lui-même – celle qui avait cru ressentir autre chose que du plaisir physique quand ils faisaient l'amour – faillit la supplier de reconsidérer sa décision. Mais sa fierté reprit le dessus et lui imposa le silence. Si elle voulait fuir plutôt que de lui donner les réponses qu'il méritait, il ne la retiendrait pas.

Elle était presque à la porte, dos tourné, lorsqu'elle s'immobilisa.

Reste.

Cette fois, le mot faillit franchir ses lèvres. De nouveau, il se contrôla.

— Bonne nuit, Grant.

— Bonne nuit.

Une seconde plus tard, elle mit la main sur la poignée, puis le battant se referma sur elle.

12

L'œil d'Alexandra volait d'un bouquet à l'autre, cherchant fleurs courbées, pétales fanés, feuilles jaunissantes. À son soulagement, elle n'en trouva pas.

Avec un soupir, elle ferma la porte du réfrigérateur. Elle aurait dû être satisfaite, mais cela signifiait qu'elle n'avait plus rien à faire pour leur ultime journée dans les Hamptons. Dès le lendemain, tous les invités rentreraient chez eux avant de se retrouver pour le dîner final offert au Metropolitan Museum. Par chance, elle avait une semaine pour décompresser avant le grand soir, et pour réfléchir aux derniers jours.

Elle avait vu Grant quotidiennement depuis qu'ils avaient fait l'amour, mais elle l'avait salué d'un sourire professionnel et avait gardé ses distances. Il n'avait pas non plus cherché à lui parler – c'était tout juste s'il la regardait. D'ailleurs, pourquoi l'aurait-il fait ? De nouveau, elle avait préféré fuir plutôt que d'affronter son passé. Elle avait pourtant été à deux doigts de tout lui avouer, mais elle avait redouté sa réaction. Grant avait survécu à un cartel, à l'exil, à la pauvreté. Si elle lui avait dit la vérité à l'époque, il aurait peut-être trouvé un moyen pour eux de rester ensemble. En quittant la chambre, elle leur avait donc épargné colère et récriminations. Alex avait pu se raccrocher au souvenir de ces moments passés ensemble, inattendus et si précieux.

Sans réfléchir, elle se dirigea vers la cuisine où Pamela et sa brigade préparaient le petit déjeuner. Elle aurait aimé pouvoir parler à son amie et tout lui raconter, mais elle ignorait ce que Pam savait ou ignorait de son passé. Et elle ne voulait pas lui confier le poids d'un tel secret. Pamela avait déjà pris de gros risques en l'informant des événements organisés par le groupe Pearson.

Elle salua la jeune cheffe de la main, saisit un biscuit au vol et se dirigea vers une rangée de machines à café luxueuses. Sur la feuille de route des invités, la journée était marquée comme jour de repos. Chacun pourrait explorer les environs à loisir ou paresser sur la plage. Pamela veillerait à ce que personne ne manquât de rien.

Armée d'un café, elle sortit sur la terrasse à l'arrière de la maison. Elle s'était levée à l'aube comme d'habitude, et la fatigue commençait à peser. Grâce à son travail pour Grant, de nouvelles commandes arrivaient chaque jour au magasin, dont elle devait s'occuper. Elle n'était donc pas fâchée d'avoir une semaine de relatif répit.

Elle s'était à peine installée sur une chaise longue qu'un mouvement aux confins de son champ de vision attira son attention. Alex se retourna au moment où Grant arrivait sur la terrasse par un petit portillon communiquant avec le jardin. Il ne portait qu'un maillot de bain noir et un T-shirt blanc qui, passé à la hâte sur son torse humide, en moulait tous les détails.

Elle songea un instant qu'il ne l'avait pas vue, et se demanda si elle avait le temps de s'éclipser tandis qu'il refermait derrière lui...

— Bonjour.

Elle sursauta au son de sa voix, puis se força à répondre :

— Bonjour, monsieur Santos.

En haussant les sourcils, il s'approcha et prit place sur la chaise voisine de la sienne.

— C'est un peu formel, tu ne crois pas ? Tu l'étais moins entre mes bras...

Alexandra regarda autour d'elle, et fut soulagée de constater qu'aucun invité ne se trouvait dans les parages.

— On dirait que tu m'évites, reprit son compagnon du même ton narquois.

— Tu n'as pas l'air de rechercher ma compagnie non plus.

— Bien sûr que si. La preuve, je t'emmène voir une ferme qui fait pousser des hortensias.

Alex tressaillit, surprise, puis se laissa gagner par un frisson d'excitation.

— Et si je refuse ? demanda-t-elle pour la forme.

Grant se pencha vers elle, accompagné d'un parfum iodé.

— Tu ne refuseras pas. Tu imagines déjà des hortensias à perte de vue. Tu ne pourras pas résister.

De justesse, elle se retint de se laisser aller contre lui. Il avait raison, à ceci près qu'elle était plus excitée encore par l'idée de passer du temps en sa compagnie que par celle des fleurs. Et puis, il s'agissait peut-être de leurs derniers moments ensemble. Dans une semaine, après l'événement du Met, ils n'auraient plus de raison de se voir. Grant disparaîtrait dans les hautes sphères de la société new-yorkaise, tandis qu'elle retournerait à son magasin.

Un sourire satisfait révéla les dents de son compagnon, d'une blancheur éclatante sur sa peau tannée.

— Sois prête dans un quart d'heure.

Alexandra émergea de la maison quinze minutes plus tard, vêtue d'une robe bleue légère qui lui descendait jusqu'aux genoux. Un chapeau de paille ceint d'une bande blanche protégeait son visage du soleil. Grant fut heureux de constater, après la tension des derniers jours, qu'elle avait pioché dans les affaires qu'il lui avait fait livrer. Il avait passé la semaine à osciller entre colère et chagrin, ce même chagrin qui avait suivi leur rupture.

Dès qu'elle aperçut le cabriolet rouge cerise contre lequel il patientait, la jeune femme lui adressa un grand sourire.

— Tu t'en souviens...

— Oh oui.

Pour ses dix-neuf ans, David lui avait offert une voiture identique. Pas par amour paternel, mais pour faire étalage de sa fortune cet été-là. Alex et Grant en avaient profité pendant deux mois, sillonnant la côte de nuit après leurs journées de travail. Combien de fois avaient-ils contemplé les étoiles, allongés sur le capot au bord d'une plage, tandis que la radio jouait en sourdine ?

L'exploitation horticole se trouvait à une heure de route, pendant laquelle Alexandra observa le paysage qui défilait. Grant résista de son mieux à l'envie de l'interroger sur ce qu'elle lui cachait. Lorsqu'il s'engagea enfin dans l'allée de gravier bordée d'arbres menant à la ferme, il guetta sa réaction du coin de l'œil.

— Oh !

Une bâtisse blanche les accueillit, ainsi qu'une série de panneaux indiquant le chemin des dépendances, de la boutique, du café et des ruches. Mais l'attention d'Alexandra était rivée sur les champs derrière la demeure. Des rangées de buissons s'étiraient jusqu'à l'horizon, parfois chargés de fleurs si grosses qu'elles ployaient presque jusqu'à terre. L'herbe, à leurs pieds, était couverte de pétales aux teintes rose, bleu, crème. Plantés ici et là entre les rangs, des frênes dispensaient une ombre bienfaisante.

— Grant, murmura Alexandra. C'est magnifique.

Elle se tourna vers lui, plus souriante encore que lorsqu'elle avait découvert le cabriolet. Elle était heureuse, c'était évident, tout cela grâce à un champ de fleurs. Comment avait-il pu la croire gâtée et égoïste ? Comment n'avait-il pas soupçonné plus tôt que quelque chose d'autre se cachait derrière leur rupture ?

La voiture à peine garée, Alexandra fila en direction des champs. Elle marchait si vite que Grant dut presser le pas pour ne pas la perdre. La ferme, à cette heure de la matinée, était presque déserte, le silence à peine troublé par le bourdonnement des abeilles. Alexandra, passant d'un buisson à l'autre avec excitation, semblait imiter leur butinement.

— C'est un hortensia Golden Crane ! s'exclama-t-elle, refermant délicatement les mains sur une grande fleur blanche avant d'en humer le parfum d'un air extatique. Viens sentir ça. C'est unique.

Grant obéit, surpris par le parfum de jasmin qui lui envahit les narines.

— C'est tout simplement incroyable ! reprit Alexandra, qui écarta les bras et tourna sur elle-même. J'adore cet endroit.

Il la dévisagea, contaminé par le bonheur qu'elle irradiait. C'était la jeune femme dont il était tombé amoureux autrefois.

— Que s'est-il passé, Alexandra ?

Aussitôt, elle cessa de sourire. Grant aurait voulu revenir en arrière, ravaler la question, mais il avait besoin de savoir. Il ignorait ce que l'avenir leur réservait, ou même s'ils avaient un avenir, mais il savait que cet obstacle se dressait entre eux.

Elle se tourna vers le buisson, caressa doucement un pétale blanc.

— Tu te rappelles le feu de joie auquel nous avons assisté, pour le solstice d'été ? demanda-t-elle enfin.

— Bien sûr.

— L'un des invités a dit à ses parents que nous y avions assisté ensemble, et les parents en question l'ont répété à mon père.

En silence, Grant acquiesça. Les pièces du puzzle se mettaient enfin en place, avec une clarté qui lui glaçait le sang.

— Mon père m'a convoquée...

La voix d'Alexandra s'était assourdie. Elle continuait de fixer les fleurs, et reprit :

— Il m'a donné un ultimatum. Si je ne te quittais pas, et si je te disais qu'il m'avait parlé, il s'assurerait que ta mère et toi seriez renvoyés à Fortaleza. Quand j'ai riposté que cela équivalait à une condamnation à mort, il m'a regardée en souriant et a répondu que oui, c'était l'idée.

Grant déglutit, la gorge soudain sèche. Le soleil semblait lui brûler la peau à travers sa chemise.

— Donc, tout ce que tu m'as dit...

— ... m'avait été dicté par mon père. Il voulait que je me montre le plus cruelle possible pour être sûr que tu n'insisterais pas. Il m'a assuré qu'il était capable de te faire renvoyer au Brésil à n'importe quel moment, et que si je continuais à te fréquenter, ta mère et toi seriez dans un avion en moins de vingt-quatre-heures.

Culpabilité et colère s'affrontèrent dans le cœur de Grant. Il avait toujours su David capable du pire, pour l'avoir vu plusieurs fois en action. Il aurait dû soupçonner que ce salaud était derrière tout cela. Mais il avait été si préoccupé par son propre sort, consumé par ses doutes, qu'il avait raté ce qui se jouait juste sous ses yeux.

— C'est donc pour ça que tu as suggéré que nous fuyions, la nuit d'avant, murmura-t-il.

Les yeux clos, la jeune femme acquiesça.

— J'aurais dû t'en parler, Grant. J'aurais dû te dire la vérité. Je suis désolée. Vraiment désolée.

Ces paroles, cela faisait neuf ans qu'il les attendait. Elles lui semblaient désormais bien vides, à présent qu'il comprenait qu'Alexandra n'était coupable de rien. Elle avait été à la merci d'un homme trop puissant.

— Ce n'est pas tout.

Elle prit une profonde inspiration, visiblement hésitante. Le bourdonnement des abeilles, de prime abord agréable, s'était fait oppressant, et semblait accroître le rugissement qui lui emplissait les oreilles. Que pouvait-il y avoir de pire que les agissements de son père ?

— Je...

Elle s'interrompit, ôta son chapeau pour se passer une main dans les cheveux avant de reprendre :

— Finn et moi n'étions pas très proches, jusqu'à cet automne-là, quand il a dû m'emmener à l'hôpital.

— À l'hôpital ?

— J'ai fait une fausse couche, murmura-t-elle, une larme roulant le long de sa joue.

Grant avait déjà reçu un coup de poing dans l'estomac. La sensation était la même : l'impression de s'éloigner du monde, de dériver sur un coussin d'air.

— Une fausse couche ?

Alexandra acquiesça, blême.

— J'étais enceinte de trois mois. Je l'ignorais. J'avais supposé que la fatigue et les nausées étaient dues au stress. Mon père était absent. Je me suis mise à saigner, et Finn... Il m'a conduite à l'hôpital. Il m'a tenu la main toute la nuit. C'est la seule chose positive de cette affaire. Le fait de me voir dans cet état, de comprendre ce que mon père avait fait, l'a transformé.

Grant secoua la tête, ébranlé. Pour l'instant, il ne voyait que ce qu'ils avaient perdu, leur avenir, leur enfant. Alexandra le regarda droit dans les yeux, le regard brillant.

— J'aurais dû te le dire, Grant. Et j'aurais dû tenir tête à mon père. Mais j'ai toujours été trop lâche pour...

— Arrête, coupa-t-il, incapable d'en entendre davantage, incapable de supporter le poids de la culpabilité. Je... je dois réfléchir.

— Bien sûr, répondit la jeune femme, le visage fermé. Je t'attendrai à la boutique.

Avant qu'il puisse répondre, elle le dépassa et se dirigea vers la ferme. Grant ne la retint pas – qu'aurait-il pu lui dire ? Qu'il lui en avait voulu pendant des années et l'avait engagée pour l'humilier, plutôt que d'essayer de comprendre ce qui s'était vraiment passé ?

Il erra dans les champs, tentant de décider d'un plan d'action. Que faire ? Lorsqu'il revint enfin à la ferme, trente minutes s'étaient écoulées. Il entra dans la boutique, et fronça les sourcils en n'y trouvant pas Alexandra.

— Vous êtes Grant Santos ?

Il pivota, surpris, et dévisagea la femme aux cheveux blancs et aux yeux bleus qui, depuis le comptoir, le fixait en souriant.

— Oui, c'est bien moi.

— Votre amie a dû rentrer à la maison. Une urgence au sujet des fleurs pour le déjeuner de demain, m'a-t-elle chargé de vous dire. Elle a pris un taxi.

13

Alexandra marchait le long de la plage, ses pieds nus sur le sable mouillé. Le soleil s'était couché depuis longtemps, mais elle avait attendu la nuit et s'était assurée que tous les invités avaient regagné leur chambre avant de se glisser hors de la maison.

Dès son retour de la ferme aux hortensias, elle s'était terrée dans sa chambre. Elle était partie sur un coup de tête, répugnant à affronter Grant après le silence par lequel il avait accueilli ses aveux. Elle ne savait pas exactement à quoi elle s'était attendue – certainement pas au regard vide qu'il avait posé sur elle.

La gorge serrée, elle leva les yeux vers la voûte étoilée. Combien de fois Grant et elle avaient-ils fixé ce même ciel, allongés dans les bras l'un de l'autre ? Une partie d'elle-même s'en voulait encore de n'avoir pas su résister à son père. Mais elle était également en colère. Passer aux aveux l'avait changée. Oui, elle avait été lâche. Oui, elle aurait dû tout dire à Grant. Mais elle avait agi ainsi pour les protéger, sa mère et lui.

Elle s'arrêta à la jetée qui, s'avançant sur l'eau, marquait les limites de la propriété. Presque aussitôt, un frisson lui parcourut l'échine, dont elle identifia la cause lorsqu'elle se retourna. Une forme sombre s'avançait vers elle sur la plage. À sa démarche, à la puissance féline de ses mouvements, Alex sut aussitôt de qui il s'agissait.

— Tu ne devrais pas être dehors toute seule.

— Je ne suis plus toute seule.

Grant portait toujours la même chemise de lin et le pantalon de toile qu'à la ferme. Une furieuse envie de se blottir dans ses bras saisit Alex, mais elle la repoussa. Il lui avait demandé de se taire, incapable de digérer sa confession. Que voulait-il, maintenant ?

— Tu es partie, reprit son compagnon. Quand je suis revenu à la boutique, tu n'étais plus là.

— Ça m'a paru la meilleure solution.

— Non, murmura-t-il, sa voix à peine audible par-dessus le murmure du ressac. Non, la meilleure solution aurait été que je te réponde au lieu d'agir comme un égoïste et un imbécile. Je suis désolé.

Alex le fixa, se demandant quelle conduite adopter. Elle avait envie de saisir le rayon d'espoir qu'il lui offrait. Mais elle redoutait tout autant d'être déçue, ce qu'elle n'était pas sûre de pouvoir supporter après les montagnes russes émotionnelles des derniers jours.

Grant lui montra soudain ce qu'il avait à la main : une couverture de laine.

— Ça fait longtemps que nous ne nous sommes pas assis ensemble sous les étoiles.

Elle acquiesça, trop émue pour parler. L'objet n'était pas anodin. Lorsqu'ils avaient déployé une couverture sur la plage, autrefois, ils s'étaient ensuite perdus dans les bras l'un de l'autre.

— Me feras-tu le plaisir de ta compagnie ?

La raison d'Alex la pressait de refuser, mais son cœur prit le dessus. De nouveau, elle acquiesça. Après avoir étalé la couverture sur le sable, Grant lui tendit la main. Elle la fixa un long moment avant de l'accepter et de s'asseoir à ses côtés.

— Je n'ai pas su comment réagir à la ferme, déclara-t-il aussitôt. Je m'en voulais terriblement. J'aurais dû comprendre que quelque chose ne tournait pas rond quand tu as rompu avec moi. La présence de ton père, ce jour-là, aurait dû m'alerter.

Mais j'ai laissé ma fierté altérer mon jugement. Au lieu de me battre pour toi, j'ai fait exactement ce dont je t'ai accusée par la suite : j'ai fui. Maintenant que je connais la vérité...

Alexandra repoussa farouchement les larmes qui lui brûlaient les yeux. Elle avait pleuré pendant des jours après sa fausse couche. Perdre Grant, puis leur enfant, lui avait paru le tour le plus cruel du destin.

— Tu ne pouvais pas savoir.

— J'aurais dû comprendre qu'on te manipulait. Te faire confiance. Je vous ai trahis, toi et... et notre enfant.

Avec douceur, il posa une main sur son visage, comme il l'avait fait dans la cuisine quelques jours plus tôt.

— Je n'ai pas été à la hauteur. Et j'en suis désolé.

Ses excuses donnèrent à Alexandra l'impression qu'un poids venait d'être ôté de ses épaules. Des larmes roulèrent sur ses joues, tandis qu'elle couvrait la main de Grant de la sienne.

— Tu n'as pas à t'excuser, souffla-t-elle.

— Bien sûr que si. Je t'ai fait souffrir. Tu ne méritais pas ce que t'a infligé ton père, et encore moins ce que je t'ai fait subir.

Avec un soupir, Alex tourna la tête pour embrasser sa paume. Grant se figea, puis se pencha et l'embrassa avec une ferveur qui lui rappela leur premier baiser. À ceci près que quelque chose s'y ajoutait, enrichissait les émotions et les sensations qu'elle ressentait. Alexandra mit quelques secondes à l'identifier : elle reconnaissait enfin qu'elle était toujours amoureuse de Grant Santos. Loin de la déprimer, loin de lui donner l'impression de ne pouvoir échapper au passé, cette prise de conscience la réjouissait. Grant lui permettait de donner le meilleur d'elle-même. Grâce à lui, elle s'était affirmée. Elle avait pris sa vie en main et ne dépendait plus de personne. C'était de lui qu'elle tenait son goût de la liberté.

Bouleversée, elle glissa les doigts dans la soie de ses cheveux et déposa un baiser sur son front.

Je t'aime.

Les mots ne franchirent pas ses lèvres mais elle les illustra par ses gestes. Ce soir, avec la mer et le rugissement des vagues pour témoins, sous l'œil argenté de la nuit, elle lui montrerait ce qu'elle ressentait. Et pour une fois, elle le ferait sans se soucier du lendemain.

Grant, pendant ce temps-là, ne chômait pas. Il avait fait glisser les bretelles de sa robe, et elle soupira de plaisir lorsque l'air de la nuit caressa ses seins nus. Puis il posa la tête contre sa poitrine et inspira profondément, comme pour la respirer, avant de capturer un téton entre ses lèvres. Elle se cambra, le ventre en feu, tandis qu'il attisait l'incendie d'une langue experte. Lorsqu'elle n'y tint plus, il lui ôta sa robe et l'envoya sur le sable. Alex ne portait plus qu'un shorty de dentelle.

— À ton tour, murmura-t-il.

Sans se faire prier, Alexandra se mit à déboutonner sa chemise et tira les pans de sous sa ceinture. L'impatience la consumait, mais elle se contint. La première fois, ils avaient fait l'amour sauvagement, débordés par la passion de leurs retrouvailles et par neuf années de frustration. Ce soir, c'était différent. La vérité avait enfin éclaté au grand jour, et Alex se sentait légère comme l'air. Le poids de la culpabilité ne l'oppressait plus – elle ne mesurait qu'aujourd'hui à quel point elle en avait souffert. Sans ce fardeau, elle avait l'impression de pouvoir conquérir le monde.

Ou de ressusciter un amour perdu.

Doucement.

De justesse, elle reprit le contrôle de ses émotions. Cette nuit-là était peut-être unique, ou le début de quelque chose. L'essentiel était de la faire durer.

Agrippant les poignets de Grant, elle guida ses mains vers ses seins. Il crispa la mâchoire en enveloppant leur galbe, les pouces sur leurs pointes dilatées. Après les avoir caressés, il descendit vers ses cuisses. D'un doigt, il glissa sous l'élastique de son shorty et effleura ses pétales moites. Alexandra hoqueta, parcourue de mille sensations électriques.

— Tu es prête pour moi...

— Oui, souffla-t-elle dans son cou. Et seulement pour toi.

Grant écarquilla légèrement les yeux, comme s'il comprenait tout juste le sens profond de ces mots. Sans lui laisser le temps de répondre, la jeune femme le repoussa sur leur serviette, ôta son shorty et, complètement nue, baissa les yeux sur l'homme qu'elle désirait plus que tout au monde. Il avait raison : elle avait désormais confiance en elle, même si une vague de timidité, dans ce rôle de tentatrice, lui colora les joues.

Avec lenteur, comme s'il redoutait de dissiper un rêve, Grant se mit à genoux devant elle.

— Tu es magnifique, Alexandra.

Ses mains se refermèrent sur ses hanches, et il perdit son visage entre ses cuisses. Alex hoqueta, les jambes tremblantes, agrippée à ses épaules comme à une bouée de sauvetage.

Les premières incursions de sa langue contre son être furent délicates, presque furtives. Les étoiles tournoyaient au-dessus de leur tête, l'océan semblait se rapprocher à chaque nouvelle vague. Une sensation de bonheur enfla en elle, lui fit danser des lumières devant les yeux. Elle crut pouvoir repousser l'orgasme mais les lèvres de Grant se refermèrent sur son clitoris et l'aspirèrent doucement. Avec un cri de plaisir, Alexandra jouit dans la seconde suivante, parcourue de spasmes irrépressibles. S'il ne l'avait pas accompagnée jusque sur le sable, elle se serait effondrée.

Elle n'aurait su dire combien de temps elle resta là, étourdie et tremblante.

— C'était moi qui étais censée te séduire, murmura-t-elle enfin.

Grant l'attira contre lui, et elle se lova au creux de son épaule.

— Il y aura d'autres occasions.

Il l'embrassa sur le front, puis reprit :

— La dernière fois que nous avons fait ce genre de chose, c'était sur cette même plage, trois kilomètres plus au sud.

Aussitôt, le cocon de chaleur qui enveloppait Alex se dissipa. L'air de la nuit ne lui donnait plus l'impression d'un baume contre la fièvre que Grant provoquait en elle. Elle eut soudain froid, et frissonna.

— Je me rappelle cette nuit...

La mine grave, son compagnon lui prit le menton et plongea les yeux dans les siens.

— Pourquoi ne m'as-tu pas dit, ce soir-là, ce qui se passait ? Pourquoi ne m'as-tu pas tout expliqué ?

Sentant une panique familière monter en elle, Alexandra inspira pour la tenir à distance. Autrefois, elle aurait fui, fait de son mieux pour éviter le conflit. Mais la question était légitime. Tout inconfortable qu'elle fût, Grant méritait une réponse.

— Parce que j'avais peur. Peur de ce qui t'arriverait si je n'obéissais pas à mon père. Je savais de quoi le cartel était capable. Je t'imaginais gisant dans une rue, ensanglanté, et... et...

Elle s'interrompit, presque incapable de parler. Rassemblant ses forces, elle acheva d'un filet de voix :

— J'aurais dû tout t'avouer. Je redoutais que tu ne te confrontes à lui, et ne fasses qu'aggraver la situation.

Lorsqu'elle rouvrit les yeux, Grant la fixait avec la même intensité. La croyait-il ? Ou était-il encore hanté par le souvenir de ce qu'elle lui avait jeté à la figure au moment de rompre ? Elle s'était montrée convaincante, elle le savait – la survie de l'homme qu'elle aimait en dépendait. Elle l'avait insulté, ignorant la douleur qui lui déchirait le ventre.

— J'ai souvent repensé à ce que tu m'as dit la veille de notre rupture, déclara-t-il après un interminable silence. Tu voulais fuir.

— Oui, c'est ma solution à tous les problèmes.

— Ne dis pas ça.

— Pourquoi ? demanda Alex, surprise par son sérieux.

— Parce que tu as rebâti ta vie après avoir tout perdu. Tu as créé ton entreprise envers et contre tout, sans l'aide de personne. Tu as même tenu tête à un voleur. Tu es devenue incroyablement forte, Alexandra.

Avec un son qui tenait autant du sanglot que du cri de joie, la jeune femme l'embrassa. Son corps nu, souple et brûlant contre le sien, embrasa son désir. Sans rompre leur baiser, il défit fébrilement sa ceinture. Alexandra le repoussa sur la serviette et acheva le travail à sa place tandis qu'il la caressait, la touchait avec un mélange de ferveur et d'incrédulité. Il avait besoin de savoir qu'elle était là, pour de bon. Que cette fois elle ne s'enfuirait pas. Sa raison y croyait, mais son cœur doutait encore. Sa fierté l'empêchait d'oublier complètement ce qui s'était passé.

Quand le feras-tu enfin ? Quand t'autoriseras-tu à être libre ?

Sa raison s'évapora lorsque Alexandra libéra enfin son érection, puis y posa les lèvres. Elle le caressa longuement, sans retenue, jusqu'au moment où il comprit qu'il risquait de perdre tout contrôle de lui-même.

Comme si elle l'avait senti, et avant qu'il pût agir, elle appuya des deux mains sur ses épaules. Puis elle s'assit sur lui et le chevaucha, si excitée qu'il glissa en elle sans le moindre effort. Doigts déployés sur sa poitrine, elle monta et descendit sur son sexe rigide, les yeux mi-clos, se mordant les lèvres pour contenir ses gémissements de plaisir. Haletant, le front perlé de sueur, Grant lui agrippa les hanches. Son intention initiale était de freiner ses mouvements, de la retenir. Mais l'expression qu'il lut sur le visage d'Alexandra lui fit l'effet d'un aphrodisiaque et il accéléra le tempo. La jeune femme renversa la tête en arrière, heureuse de l'y aider, sans plus tenter de retenir ses cris.

— Oh oui ... Je vais... Je...

Grant sentit l'orgasme la parcourir, les convulsions se resserrer autour de lui, et ne put se contenir plus longtemps. Il s'abandonna à son tour, mêlant ses cris aux siens.

Contrairement à leur première nuit, une semaine plus tôt,

Alexandra ne se leva pas après s'être effondrée sur sa poitrine. Il la couvrit d'un pan libre de la couverture et la serra contre lui, le cœur serré par une émotion qu'il peinait à identifier. Après quelques instants, lorsqu'ils eurent repris leur souffle, il osa enfin la regarder. Le visage d'Alexandra était paisible, d'une beauté qui lui coupa le souffle.

Comment n'avait-il pas compris plus tôt qu'elle avait été manipulée par son père ? Il avait pourtant été aux premières loges pour voir comment David Waldsworth traitait ses employés et sa famille. Malgré tout ce dont il avait été témoin, il avait cru Alexandra lorsqu'elle avait rompu. Il avait avalé ses insultes sans songer un instant qu'elles ne lui ressemblaient pas, qu'elles lui avaient sans doute été dictées. Sans songer à la fébrilité avec laquelle elle lui avait suggéré de fuir, la nuit d'avant.

Ses bras se resserrèrent autour de la femme qui dormait dans ses bras. Pendant de longues années, il en avait voulu à Alexandra et l'avait jugée coupable de tous les maux. Et si au fond il était le seul fautif ?

Le seul et unique responsable de leur séparation ?

14

Après avoir ajusté la tige d'une gueule-de-loup, Alexandra recula d'un pas pour étudier son travail. Un vase rempli de fleurs de printemps ornait chaque table de pique-nique. Le mélange de lavande, de rose pâle, de magenta et d'orange explosait contre le vert des pelouses, avec pour contrepoint le blanc de la plage en arrière-plan.

Presque malgré elle, Alex se tourna vers le balcon et regarda l'océan. Les vagues qui déferlaient sur le sable atteignaient presque la pelouse avant de se retirer sur une étendue lisse, puis de revenir à l'assaut.

Elle s'était éveillée dans les bras de Grant ce matin-là, blottie tout contre sa poitrine. Ensemble, ils étaient rentrés à la maison, où ils avaient fait l'amour une nouvelle fois avant de s'endormir, épuisés. Elle avait rouvert les yeux quelques heures plus tard, à ce moment précis où le gris du jour naissant se dissolvait dans les pastels de l'aube. Quand elle avait bougé, l'étreinte de Grant s'était resserrée. Il l'avait attirée à lui en murmurant quelque chose dans son sommeil, puis l'avait embrassée sur le front.

Alexandra avait fondu entre ses bras. Elle s'était abandonnée et, tout en se laissant bercer par les battements de son cœur, avait songé à sa révélation de la veille.

Elle était amoureuse de Grant. Elle avait peut-être réussi à se persuader du contraire pendant des années, mais elle s'était menti. Le problème était dorénavant de savoir ce qui allait se passer. Le Grant d'autrefois semblait resurgir de plus en plus souvent, dans un sourire joyeux, un frôlement, une attention inattendue. Ces qualités, en se mêlant à celles du nouveau Grant – confiance et détermination – formaient un cocktail explosif.

Alexandra savait qu'elle avait considérablement mûri au cours des neuf dernières années. Mais était-elle digne d'un homme tel que Grant ? Elle l'avait trahi, autrefois, en ne lui faisant pas assez confiance pour lui révéler les manigances de son père. En l'apprenant, il aurait pu la critiquer, l'accabler de reproches – il en avait le droit. Au lieu de cela, il lui avait tenu la main, avait séché ses larmes, puis lui avait fait l'amour avec une douceur infinie.

Elle croisa les bras, frissonnant sous l'effet de la brise. Pouvait-elle risquer d'exprimer ses sentiments ? D'exposer Grant à l'indignité d'être un jour associé à David Waldsworth, si quelqu'un la reconnaissait ?

— Mademoiselle Moss !

Alex se retourna, et arbora son sourire le plus professionnel à l'intention de la jeune femme qui descendait l'escalier. Il lui fallut quelques instants pour se rappeler son nom.

— Bonjour, mademoiselle Friedman.

Ellen Friedman lui rendit un sourire chaleureux. Elle devait être âgée de vingt et un ou vingt-deux ans à peine. Une ample chevelure noire lui tombait jusqu'à la taille.

— Ces fleurs sont merveilleuses ! s'exclama-t-elle en se penchant sur l'un des arrangements, et en plongeant le nez dans un œillet. Vous faites un travail absolument remarquable.

— Merci, mademoiselle Friedman.

— Appelez-moi Ellen.

D'une main gracieuse, la jeune femme cala une mèche brune derrière son oreille et dévisagea Alex d'un air interrogateur.

— Je voulais justement vous poser une question. Je me marie à l'automne au Rainbow Room.

Alexandra haussa un sourcil. Le Rainbow Room, au

soixante-cinquième étage d'un gratte-ciel new-yorkais, offrait l'une des plus belles vues qui fût sur la ville.

— Félicitations. C'est un endroit magique.

— Oui, j'ai beaucoup de chance. Mais je viens d'apprendre que ma fleuriste est censée accoucher la semaine d'avant. Et son assistante ne se sent pas capable de la remplacer.

Elle fit un geste vers les tables, puis reprit :

— J'ai adoré tout ce que j'ai vu cette semaine. Je sais que j'ai peu de chances de vous avoir, et que vous êtes sans doute réservée des années à l'avance, mais au cas où vous auriez une annulation sur cette période, je serais ravie que vous fassiez mon mariage.

Tout en se retenant de bondir d'excitation, Alexandra sortit son téléphone de sa poche. Une nouvelle cliente ! À ce rythme, elle pourrait bientôt se trouver une boutique digne de ce nom.

— Quand le mariage aura-t-il lieu ?

— La première semaine d'octobre.

— Il se trouve que je suis libre. Si...

Avec un cri de joie, Ellen l'étreignit avant qu'elle pût finir sa phrase.

— Oh ! merci ! C'est la meilleure nouvelle de la semaine ! D'autant que je préfère vos arrangements à ceux de la fleuriste originale, choisie par ma mère. Je sais que vous êtes surchargée en ce moment, avec votre travail pour M. Santos, mais j'aimerais que nous nous voyions dès que vous serez libre.

Alexandra retint un rire incrédule. Oserait-elle croire à sa chance ? Avait-elle enfin traversé le purgatoire pour émerger de l'ombre du passé ? Elle regagna la maison en compagnie de sa nouvelle cliente, et croisa deux des sous-chefs de Pamela. Un brouhaha de voix en provenance du salon indiquait que de nombreux invités étaient descendus prendre leur petit déjeuner.

— J'adore cette maison, s'exclama Ellen, saisissant au vol un verre de jus d'orange. M. Santos a vraiment de la chance de l'avoir achetée. Selon mon père, il y a eu une véritable guerre entre enchérisseurs.

— Oui, elle est magnifique.

Pourtant, tandis qu'Alexandra cherchait du regard une silhouette familière, elle ne fit pas attention aux plafonds voûtés, aux fenêtres à imposte qui laissaient pénétrer un flot de lumière. Rien ne lui importait, sauf la présence de Grant. Lui seul transformait une magnifique demeure en un véritable foyer, en lieu où l'on avait envie de poser ses valises.

Un sourire étira ses lèvres. Elle lui dirait aujourd'hui même ce qu'elle ressentait. Elle était assez forte pour croire en eux.

Lorsqu'elle se retourna, Ellen la dévisageait avec un regard amusé.

— Alors, depuis combien de temps connaissez-vous M. Santos ?

Un frisson d'alarme la parcourut. Comment répondre à la question ? Elle ne voulait pas mentir, mais elle redoutait de nuire à Grant si sa filiation avec David Waldsworth éclatait au grand jour.

— Pas longtemps. Nous nous sommes croisés une fois, il y a longtemps, mais nous avons refait connaissance lorsqu'il a emménagé à New York.

Ellen acquiesça, laissant Alex supposer qu'elle était tirée d'affaire. Presque aussitôt, l'autre femme se pencha et murmura d'un ton de conspirateur :

— Vraiment ? Parce qu'en vous regardant j'aurais juré qu'il y avait quelque chose entre vous. La façon dont il vous suivait des yeux, hier soir… On se serait cru dans une comédie romantique.

L'alarme sonnait maintenant à plein volume dans l'esprit d'Alexandra. Grant et elle devaient discuter, et vite, de l'avenir et de ce qu'ils étaient prêts à rendre public.

— Non, répondit-elle de son ton le plus égal. M. Santos est très séduisant, je l'admets, mais c'est juste mon employeur.

En d'autres circonstances, l'expression déçue d'Ellen l'aurait peut-être fait rire.

— Oh. Il est peut-être secrètement amoureux de vous, alors.

— Je ne crois pas, répondit Alexandra avec un rire forcé. Il n'est pas mon genre, et je ne suis pas le sien. Vous nous imaginez ensemble ?

Avant qu'Ellen pût continuer ses questions, un homme aux cheveux argentés, en short et chemise blanche, apparut au bout du couloir.

— Ah, te voilà, Ellen.

— Bonjour, papa. On se voit au pique-nique, souffla-t-elle à Alexandra. Merci encore !

Puis elle disparut, abandonnant Alex dans la pénombre du couloir. Restait à espérer qu'elle ne partagerait pas ses soupçons romantiques avec quelqu'un d'autre.

En entendant une porte grincer derrière elle, Alex sursauta et se retourna.

— Grant ! Bon sang, tu m'as fait une de ces peurs. Je n'avais même pas vu qu'il y avait une porte à cet endroit.

Dans la pénombre, elle avait du mal à discerner son expression. Mais elle percevait la colère qui émanait de lui en vagues presque palpables. Elle tendit la main vers lui avant de se raviser. Mieux valait ne pas trahir leur intimité après avoir juré qu'il n'existait rien entre eux.

— Tout va bien ?

— Allons dans mon bureau.

Alexandra le suivit, repoussant une bouffée de panique. Grant referma la porte derrière elle, puis se dirigea vers la fenêtre qui ouvrait sur le côté du bâtiment. Un étrange silence régnait dans la pièce, accentuant par contraste le cliquetis des couverts dans le jardin.

— Ellen et toi êtes rapidement devenues amies, à ce que je vois.

— Elle est très gentille. Il y a un problème au fait que j'aie accepté de faire son mariage ?

— Pourquoi y aurait-il un problème ?

— Je ne sais pas. Tu agis étrangement, et comme je ne t'ai pas revu depuis...

— Notre partie de jambes en l'air ?

Cette fois, la panique déborda de ses digues. Grant avait parlé d'un ton froid, presque méprisant. Quelque chose ne tournait pas rond.

— Vas-tu me dire ce qui se passe ?

Il pivota si brusquement, à ces mots, qu'elle recula machinalement.

— Il se passe que ces derniers jours je pensais que les choses avaient changé, entre nous.

— Moi... moi aussi, confirma-t-elle, de plus en plus confuse.

— Dans ce cas, pourquoi as-tu menti à Ellen quant à notre passé ? Et ne me raconte pas de bobards. J'étais juste derrière la porte. J'ai tout entendu.

— Grant, ce n'est pas ce que tu penses. J'avais peur...

— Je suis sûr que tu avais peur. Peur d'être associée à l'immigré brésilien ? Peur qu'Ellen Friedman ne veuille pas travailler avec une femme qui fréquente son ancien jardinier ?

— Grant, ce n'est pas du tout ce que je ressens.

— C'est pourtant ce que tu m'as dit lors de notre rupture.

— Je n'en pensais pas un mot et tu le sais. Je t'ai tout expliqué.

Ignorant la main qu'elle lui tendait, Grant partit d'un rire cruel. Il ressemblait de nouveau au millionnaire glacial qu'elle avait revu à New York, un homme pas si différent de ceux que fréquentait son père autrefois.

— Il est difficile de savoir ce que tu penses, ricana-t-il. Ça change tout le temps.

— Si c'est vraiment l'opinion que tu as de moi, pourquoi m'as-tu embauchée ?

— Je t'ai embauchée pour te montrer que tu t'étais trompée. Que j'ai atteint tous mes buts, obtenu le succès dont tu ne me croyais pas capable. Mais on dirait que je me suis trompé, moi aussi. Une fleuriste qui arrive à peine à joindre les deux bouts ne me juge pas digne d'elle.

Une douleur familière se ralluma dans le cœur d'Alex, presque intolérable. L'homme qui lui faisait face, cynique et méfiant, n'était pas le Grant qu'elle aimait. Elle portait pourtant sa part de responsabilité dans cette transformation. Si elle s'était montrée plus forte, neuf ans plus tôt, ils n'en seraient pas là aujourd'hui.

— Grant, c'est un malentendu...

Un rire sardonique franchit les lèvres de son compagnon.

— Comment puis-je être sûr que tu dis la vérité ?

Retenant ses larmes, Alex garda le silence. Non, il n'avait pas de raison de la croire. Elle enfonça ses ongles dans ses paumes et répliqua, la nuque raide :

— Tu ne peux pas, en effet.

De surprise, il tressaillit légèrement, avant de se reprendre.

— Dans ce cas, j'avais vu juste.

— Non. Non, tu as même tout faux. Je suis tombée amoureuse de toi il y a neuf ans, reprit Alex, laissant son regard s'évader vers le vert des pelouses. Et je n'ai jamais cessé de t'aimer. Mais mon incapacité à tenir tête à mon père nous a séparés. Et il semble que cette erreur de ma part me poursuive encore, et me condamne à tout jamais.

Le regard de Grant pesait sur elle, si intense qu'elle peinait à respirer. Elle aurait voulu se jeter dans ses bras, implorer son pardon, leur donner une nouvelle chance. Mais elle ne pouvait pas lui demander une chose pareille. Si elle l'aimait, elle devait le laisser partir.

— J'ai dit à Ellen que nous ne nous connaissions pas car je ne savais pas ce que tu étais prêt à révéler. J'avais peur que son père ne veuille plus faire affaire avec toi s'il apprenait que tu avais un lien, même indirect, avec le mien.

— C'était il y a neuf ans, Alexandra !

Ce fut à son tour de rire, un son amer né d'années de souffrances réprimées.

— Oui. Neuf ans durant lesquels tu t'es accroché à ta colère, neuf ans qui ont fait de toi un homme incapable de faire confiance à qui que ce soit. Neuf ans pendant lesquels une femme s'est accrochée elle aussi à sa rancœur et a refusé de me louer la boutique dont je rêvais. Neuf ans durant lesquels je n'ai jamais cessé de t'aimer. Neuf ans, ce n'est rien, quand il s'agit de souffrir. Mon père a floué bien des innocents, et j'en paie encore le prix. Je le mérite, je le suppose. Je n'aurais pas dû détourner le regard et profiter de tout cet argent.

Grant fit aussitôt un pas vers elle.

— Tu n'es pas responsable de ses actes. Je te l'ai déjà dit.

— C'est vrai. Mais je suis responsable des miens. Responsable de ne pas t'avoir confié ce qu'il complotait.

Elle déglutit, tentant de ravaler sa douleur, encore accrue par la révélation des véritables raisons pour lesquelles il l'avait engagée. À aucun moment il n'avait admiré son travail. Il avait simplement voulu se venger d'elle.

— Tu ne pourras jamais me faire confiance, reprit-elle d'une voix rauque. Je m'en rends compte. Tu ne croiras jamais vraiment que je t'aime, que je ne te laisserai pas tomber à la première occasion, au premier obstacle. Nous avons tous les deux changé. Tu es l'un des hommes les plus puissants de ce monde, moi une simple fleuriste. Nous n'avons rien à faire ensemble.

Vif comme l'éclair, Grant lui prit le poignet.

— Ce n'est pas...

Presque aussitôt, il fut interrompu par quelques coups à la porte.

— Quoi ? lança Grant sans aménité.

— Un M. Simon du Metropolitan souhaite vous parler, annonça Jessica de l'autre côté du battant, sans se démonter. Je ne vous dérangerais pas si ce n'était pas important.

— Attends-moi, ordonna Grant. Nous n'avons pas fini cette conversation.

Sitôt qu'il fut parti, Alex s'effondra sur un siège, sans énergie.

Elle était lasse, fatiguée de fuir un passé qui la rattrapait toujours. Fatiguée qu'on lui dise quoi faire, et de ne pas être capable de résister.

Tu es capable de résister.

En pensée, elle fit la liste des événements du jour. Le pique-nique était le dernier avant le départ des invités. Les fleurs étaient en place. Si Pamela voulait bien s'occuper de les livrer à l'hôpital voisin pour décorer les chambres des patients, une fois tout le monde parti, Alexandra pourrait s'éclipser.

Peu importait ce que Grant avait à lui dire. Il considérait sans doute leur idylle comme terminée. Quand bien même il essaierait de la convaincre de rester, le résultat était le même. Jamais il ne lui ferait pleinement confiance. Ils continueraient de monter et de descendre ces montagnes russes émotionnelles. Et elle n'en n'avait plus le courage.

Grant méritait mieux. Elle aussi, en dépit de toutes ses erreurs. Une relation polluée en permanence par le passé serait un véritable enfer.

Après une dernière hésitation, elle prit un bloc-notes et y griffonna un message. Puis elle se glissa hors du bureau et regagna sa chambre, tout en textant Pam pour l'informer de son départ. Se concentrer sur ce qu'elle devait faire, étape par étape, était la seule solution pour éviter que son cœur n'explose en millions de fragments.

Comme elle atteignait le sommet de l'escalier, toujours penchée sur son téléphone, elle manqua la dernière marche et trébucha. Elle se rattrapa de justesse au mur et, avisant son pied nu et sa chaussure renversée un peu plus loin, retint un éclat de rire hystérique. Dire qu'elle s'était imaginée en Cendrillon quelques jours plus tôt à peine. Furieuse contre elle-même, elle se débarrassa de son autre chaussure, regagna sa chambre et se débarrassa de sa robe pour remettre son vieux jean et son T-shirt.

Elle s'était montrée naïve. Il n'y avait pas de place dans sa vie pour un amour de conte de fées. Il était temps de claquer la porte au nez de ses rêves d'adolescente. Ce qui signifiait, songea-t-elle en refermant sa valise, qu'elle devait dire adieu à Grant Santos à tout jamais.

15

Pour ce qui devait être la dixième fois en l'espace d'une heure, Grant vérifia son téléphone. L'écran restait désespérément noir. Ses doigts le démangeaient, mais il se retint d'envoyer un texto. Trois jours s'étaient écoulés depuis qu'il avait regagné son bureau et l'avait trouvé désert, une note manuscrite abandonnée sur ses dossiers.

Un message bref, professionnel. Il l'avait lu et relu tant de fois que le papier était tout froissé.

Mon cher Grant

Les bouquets pour le pique-nique sont en place, ma présence n'est donc plus nécessaire. Je suis en liaison avec Jessica et Laura pour le gala du Met.

Je pense qu'il serait souhaitable, à dater de ce jour, que notre relation ne déborde plus du champ professionnel.

Merci encore pour les opportunités que tu m'as offertes.

Bien cordialement,

Alexandra

Une bouffée de colère s'emparait de lui à chaque relecture. « Bien cordialement » ? Comment pouvait-elle signer d'une manière aussi formelle, aussi froide, alors que quelques heures plus tôt à peine elle lui avait labouré le dos de ses ongles pendant qu'elle jouissait ?

D'un geste brusque, il ouvrit un tiroir de son bureau, y jeta son téléphone et le referma. Il s'était rendu compte, en abandonnant Alex pour aller prendre son appel, que l'explication la plus logique à la conversation qu'il avait surprise était celle qu'elle lui avait fournie. Il s'agissait d'un simple malentendu. Il avait même commencé à songer à la meilleure façon de lui présenter ses excuses. Malheureusement, il n'avait pas eu l'occasion de le faire, puisqu'elle s'était enfuie plutôt que de lui parler. Encore une fois.

Il se passa une main sur le visage, dépité. Comment lui en vouloir d'être partie ? Il ne lui avait pas donné la moindre chance de s'expliquer. Il l'avait accusée comme il l'avait fait neuf ans plus tôt, par fierté, en une tentative pitoyable de protéger son propre cœur.

Lorsqu'il s'était rendu dans la chambre d'Alex, il y avait trouvé toutes les affaires qu'il lui avait achetées soigneusement disposées sur le lit – y compris la robe verte qui lui allait si bien. *Desgraçado*, se morigéna-t-il. Pourquoi avait-il ignoré la voix qui lui soufflait qu'Alexandra était toujours la femme généreuse d'autrefois ?

Non, corrigea-t-il aussitôt. Elle était devenue une femme plus séduisante encore, plus magnétique que celle qu'il avait connue. Alexandra à vingt ans était douce, aimante, passionnée. Presque dix ans plus tard, elle avait les mêmes qualités, et avait gagné en assurance.

Grant savait qu'il avait commis une erreur catastrophique en l'engageant pour se venger d'elle. Il n'aurait jamais dû la recevoir quand elle s'était présentée à son bureau. Son obsession de vengeance lui avait explosé à la figure. Alex avait non seulement relevé son défi professionnel, mais elle l'avait une nouvelle fois séduit par sa ténacité, sa compassion et son courage. C'était l'arroseur arrosé.

Il se leva brusquement, animé par une énergie qui le força à arpenter son bureau. Ce même bureau, autrefois symbole de sa réussite, lui paraissait désormais une prison. Il avait amassé des millions, tout ça pour quoi ? Sa mère vivait dans une petite maison qu'elle préférait à tous les châteaux. Même la destruction du cartel, sa seule vraie victoire, ne lui avait pas apporté la satisfaction escomptée. Ses seuls moments de bonheur dans ce pays, Grant les devait à Alexandra.

Et il l'avait rejetée.

Un mouvement, sur ses écrans de sécurité, attira son attention. Finn venait juste de sortir de l'ascenseur, un arrangement floral dans les bras. Le jeune homme chercha son chemin du regard, puis se dirigea vers Jessica. Grant vit Laura Jones sortir de son bureau, examiner les fleurs et adresser un signe de tête approbateur à Finn. Ce dernier répondit d'un sourire chaleureux et tourna les talons.

Grant quitta son bureau sans réfléchir, traversa la réception en trombe et s'engouffra dans la cabine juste derrière Finn. Ignorant son regard interrogateur, il appuya sur le bouton du dixième étage, là où se trouvait l'un des nombreux cafés de l'immeuble. Il ne voulait pas vraiment de café – il était assez énervé comme cela. Que faisait-il même dans cet ascenseur ?

La réponse ne se fit pas attendre. Finn représentait une connexion avec Alexandra, et Grant avait besoin de ce lien plus que tout au monde. Il attendit donc la fermeture des portes, mains dans le dos. Une musique anodine meubla le silence, tandis que Finn continuait de le dévisager avec curiosité. Que lui dire ? Devait-il lui demander comment Alexandra se portait ? Ou s'en tenir à la pluie et au beau temps, dans l'espoir que Finn lâcherait une information intéressante ? Bon sang, il avait l'habitude de parler à des capitaines d'entreprise, des ministres, et il était incapable d'aligner deux mots !

— J'étais à ses côtés quand elle a perdu le bébé.

Les paroles du jeune homme lui firent l'effet d'un coup de poing au creux de l'estomac. Il imaginait sans peine la douleur morale et physique qu'Alexandra avait dû affronter. Il l'avait lue dans son regard, perçue dans sa voix, quand elle lui avait appris qu'elle avait fait une fausse couche.

Il ferma les yeux, silencieux, tandis que l'ascenseur continuait sa descente. Il avait accusé la jeune femme de reproduire son comportement passé. Mais ne faisait-il pas exactement la même chose ? Ne renonçait-il pas à elle tout en sachant, au fond, que les choses n'étaient pas aussi simples qu'elles en avaient l'air ?

— Merci.

Il ouvrit les yeux sur le visage de Finn, marqué d'un mélange de compassion et d'irritation. Son premier réflexe, défensif, fut de s'en prendre au jeune homme. Il n'avait pas besoin de la pitié de celui qui l'avait autrefois regardé de haut, de l'ancien play-boy devenu un simple professeur.

Crétin, se morigéna Grant.

Il ravala sa fierté, se forçant à conserver son calme. En neuf ans, Finn avait énormément changé. Et s'il avait connu une régression sociale, quelle importance ? C'était précisément grâce à des enseignants tels que lui, comme le professeur de mathématiques qui lui avait permis de décrocher une bourse, que Grant s'était arraché à la misère. Était-il devenu l'un de ces snobs obsédés par l'argent qu'il avait tant méprisés ? Devant lui se tenait l'homme qui, pour sa part, n'avait pas abandonné Alexandra quand elle avait eu besoin de lui. Le seul à ne lui avoir jamais tourné le dos.

— Elle m'a dit ce soir-là qu'elle avait l'impression de te perdre une deuxième fois, reprit Finn. Elle a ajouté que c'était peut-être ce qu'elle méritait.

— Ce qu'elle méritait ? répéta Grant, enfin arraché à sa torpeur. Pourquoi ?

— Pour ne pas avoir eu le courage de tenir tête à David. Pour t'avoir fait souffrir.

— Elle essayait simplement de nous protéger, ma mère et moi.

Comme il prononçait ces mots, quelque chose changea en lui. Enfin, il comprenait et acceptait ce qui s'était passé. Alexandra avait dix-neuf ans, à l'époque. Grant aimait à croire que les choses auraient été différentes si elle lui avait parlé, mais c'était oublier un peu vite le pouvoir de David Waldsworth. Il aurait sans doute pu les renvoyer, sa mère et lui, au Brésil. Peut-être devait-il son succès actuel au sacrifice d'Alexandra.

Un soudain sentiment de regret lui brûla les entrailles. Sa fierté lui avait fait perdre un temps si précieux ! Mais c'était fini. Il aimait Alexandra, plus qu'il ne l'avait cru possible. Bien entendu, après les dernières accusations qu'il lui avait lancées au visage, elle n'avait sans doute plus envie de le revoir.

Très bien. Il le comprenait. À ceci près que cette fois il ne la laisserait pas partir sans se battre. Il en avait assez de reculer, assez de fuir le danger.

— Comment va-t-elle ? demanda-t-il à Finn, après avoir laissé échapper un long soupir.

Son compagnon haussa les épaules, fataliste.

— Qu'est-ce que tu crois ? Elle est misérable. Presque autant que la première fois. Je crois que la seule chose qui la force à sortir de son appartement, c'est qu'elle doit s'occuper de ton gala au Met.

— Je l'aime, déclara Grant tout de go.

Finn ne parut pas outre mesure surpris par cette confession inattendue.

— Et elle t'aime, répondit-il sans hésitation. Que comptes-tu faire ?

Au même instant, l'ascenseur s'arrêta. Dans un chuintement feutré, les portes s'ouvrirent. Un sourire se peignit sur les lèvres de Grant, le premier depuis plusieurs jours.

— Je vais avoir besoin de ton aide, Finn.

[illegible] que les [illegible]

[illegible]

[illegible] Cependant [illegible]

[illegible] Il comprenait [illegible]

[illegible]

[illegible] Mais [illegible]

[illegible]

[illegible]

16

Alexandra étudia, intriguée, l'invitation qui reposait sur son bureau. Les lettres dorées étaient embossées, rappel d'un monde dont elle ne faisait plus partie.

Du bout des doigts, elle suivit le S de « Santos ». Ce n'étaient pas les vêtements ou les voitures de luxe qui lui manquaient. Non, c'était simplement l'homme dont elle était tombée amoureuse deux fois.

Les yeux clos, elle ravala la boule qui s'était formée dans sa gorge. Combien de personnes traversaient-elles l'existence sans jamais connaître le bonheur ? Combien auraient tout donné pour ressentir, fût-ce un instant, ce qu'elle avait éprouvé avec Grant ? Elle n'avait pas le droit de se lamenter. Elle n'était plus la gamine gâtée d'autrefois, la fille qui avait peur de quitter son confort pour sauter dans l'inconnu.

L'arrivée d'un message de Finn, sur son téléphone, la tira de ses ruminations.

Salut, petite sœur. Nous avons un empêchement de dernière minute ce soir, nous devons voir d'urgence une salle pour notre mariage. Est-ce que l'une de tes nouvelles employées pourrait se charger de la livraison pour le Met ? Désolé, on se rattrapera, promis !

Alexandra réprima un pincement d'irritation. Elle n'avait pas dit à Finn ce qui s'était passé entre Grant et elle dans les Hamptons. Mais lorsqu'elle lui avait demandé de se charger de livrer les fleurs au Met à sa place, il l'avait dévisagée de l'air de comprendre.

Elle inspira profondément, se forçant à calmer les battements de son cœur. Non, elle n'avait rien dit à Finn, et elle était responsable. Il ne pouvait pas savoir.

De nouveau, elle étudia le carton d'invitation. Il semblait la narguer, la défier de prouver qu'elle avait vraiment changé. Elle n'était plus sous la domination de son père. Neuf ans plus tôt, elle s'était persuadée qu'en cédant à ses exigences elle sauvait la vie de Grant et de sa mère. Elle n'avait plus cette excuse, aujourd'hui.

La dorure des lettres jeta un éclat fauve dans le rayon de soleil qui rentrait par la devanture de la boutique. Une boutique qu'elle n'occuperait plus que quelques jours, avant d'emménager dans un local flambant neuf face à la librairie de sa belle-sœur. Une chance qu'elle devait à Harry et Lucy Hill, qui lui avaient proposé l'une de leurs nombreuses propriétés commerciales. Sa vie sentimentale partait peut-être à vau-l'eau, mais professionnellement sa chance semblait avoir enfin tourné.

Grant ne méritait-il pas une dernière prise de risque ?

Un regain de courage lui fit redresser le menton. Elle se conduirait en professionnelle et livrerait les fleurs elle-même, les installerait comme prévu et s'assurerait du bon déroulé de la soirée. Puis, avant de partir, elle dirait à Grant qu'elle l'aimait. Sa fureur, dans les Hamptons, laissait supposer qu'il n'exprimerait pas un sentiment réciproque.

Mais elle lui devait la vérité. Et elle se devait de ne pas fuir une nouvelle fois devant ce qui l'effrayait. Elle reprit donc son téléphone et, avant de changer d'avis, se hâta de répondre :

Aucun problème. Je m'en occupe.

Des cœurs apparurent, flottèrent sur leur échange. Puis un nouveau message s'afficha.

C'est ta soirée, petite sœur ! Profites-en.

Alex réprima un éclat de rire. Oui, elle était sûre qu'elle se souviendrait de cette soirée, puisqu'elle risquait d'avoir le cœur brisé pour la troisième fois. Mais elle était presque certaine, si les choses se déroulaient comme dans les Hamptons, d'en revenir avec de nouveaux clients. Son succès professionnel, aussi inattendu que fulgurant, lui permettrait de panser un tantinet ses plaies.

Elle texta une icône moqueuse en réponse, puis tapa un dernier message.

Oui, tu as sans doute raison.

D'un geste nerveux, Alexandra essuya ses paumes sur son pantalon lorsqu'elle entra dans le foyer du musée. Le gala n'était pas censé commencer avant une heure. Le soleil couchant inondait l'espace et magnifiait les couleurs des bouquets, au point qu'elles en paraissaient presque fluorescentes. Même lorsque les lumières seraient baissées et les bougies allumées, les arrangements ressortiraient de manière spectaculaire sur les nappes blanches.

Le cœur battant à cent à l'heure, elle fouilla l'espace du regard. Pour une fois, ni les roses ni les pivoines ne l'intéressaient. Elle s'était attendue à trouver Grant, occupé à régler les derniers détails. Mais elle n'avait pour le moment vu que Jessica, perchée sur des talons impossibles, véritable Amazone armée d'une tablette et d'un stylo.

Sous l'effet du découragement, un soupir lui échappa. Peut-être était-ce préférable ainsi. Déclarer son amour à Grant juste avant une soirée si importante pour lui n'était sans doute pas l'idée du siècle. Il serait plus facile d'aller le trouver la semaine suivante et de tout lui avouer dans son bureau.

— Mademoiselle Moss !

Elle avait à peine fait quelques pas qu'une voix l'interpella. Alex pivota, s'attendant presque à recevoir un coup de tablette sur la tête. Décidément, Jessica avait raté une carrière de sergent-instructeur.

Jessica étudia les tables d'un œil critique, puis se tourna vers elle. Là, elle fit une chose qui sidéra Alexandra : elle *sourit*. Son visage en fut instantanément transformé.

— Vous avez fait du très beau travail, mademoiselle Moss.

— M... merci.

— Je dois avouer que j'étais sceptique lorsque vous vous êtes présentée dans nos bureaux. Mais vous avez complètement transformé la nature de nos événements, qui sont souvent sans âme. C'est exactement l'atmosphère que M. Santos et Mme Jones souhaitaient créer pour nos clients. D'ailleurs, Mme Jones vous contactera prochainement pour discuter d'un contrat de long terme avec vous.

Alex lui retourna son sourire, presque étourdie par sa chance. Elle était enchantée de pouvoir continuer avec Grant, même si elle en souffrirait aussi.

— Merci, Jessica. Je connais vos standards et ceux de Mme Jones. Je suis donc très honorée d'avoir su vous satisfaire.

— Vous avez également fait beaucoup de bien à M. Santos.

Alexandra se figea, tout en s'efforçant d'afficher une expression parfaitement neutre.

— Pardon ?

— Il est plus détendu. Plus approchable. Le groupe Pearson est la troisième start-up pour laquelle je travaille. Il est très intelligent, comme vous le savez. Mais j'avais peur que sa détermination à réussir, son intensité, n'effraient les clients. J'aime le Grant Santos de ces deux dernières semaines. Et s'il est apparu, c'est grâce à vous.

Un sourire réticent glissa sur le visage d'Alex malgré la douleur qui l'oppressait. Grant lui manquait – son intelligence, sa vivacité d'esprit, son humour pince-sans-rire, la façon dont il l'encourageait. Il était le seul homme à l'avoir toujours soutenue.

— J'ai tout gâché, Jessica.

L'aveu franchit ses lèvres sans intention consciente de sa part. Mais il était temps de s'exposer, d'affronter ses peurs. À sa surprise, Jessica posa une main affectueuse sur son épaule. Puis elle se fendit d'un sourire et tourna les talons sans un mot, l'écho de ses talons résonnant sous l'immense plafond.

Au même instant, le téléphone d'Alex sonna pour lui signifier l'arrivée d'un message.

Merci de vérifier d'urgence les arrangements floraux du jardin sur le toit.

Le numéro lui était inconnu. Peut-être Jessica ou Laura Jones avaient-elles donné ses coordonnées à l'équipe du musée ? Un stagiaire ou un employé devait paniquer, vouloir couvrir ses arrières par une énième vérification. Avec un soupir de résignation, Alex se dirigea vers les ascenseurs. Elle n'avait qu'une envie : rentrer et s'immerger dans sa vieille baignoire sur pieds. Mais, au vu du nombre de contrats qui affluaient à La Campanule, il lui faudrait s'habituer à passer un peu moins de temps chez elle.

Quelques instants plus tard, les portes de la cabine s'ouvrirent sur le toit. De longues tables blanches décorées de lierre étaient installées sous des lampions, dont la lumière chaude se détachait contre le fond vert sombre de Central Park et du ciel new-yorkais. De petits vases de roses, çà et là, adoucissaient l'atmosphère. Mais le clou du spectacle était constitué de grands bouquets au centre de chaque table, composés de mufliers, de freesias et de la fleur nationale du Brésil, l'ipê. Une fois le soleil couché, le personnel allumerait les chandelles placées sur toute la terrasse. Avec les lumières de la ville en contrebas, le spectacle serait merveilleux.

Un rapide examen des lieux permit à Alex de constater que tout était en place. Les fleurs étaient fraîches et éclatantes – pas une tige cassée, pas un pétale fané en vue. L'assistant qui l'avait convoquée avait paniqué pour rien. Le cœur plus léger, elle regagna les ascenseurs et appuya sur le bouton d'appel. Rien ne se passa. Elle réessaya, mais les boutons étaient éteints. Et lorsqu'elle tenta d'ouvrir la porte de l'escalier, elle la trouva fermée.

Formidable. Elle était coincée sur le toit du Met en jean et en T-shirt, moins d'une heure avant le début de l'un des événements mondains de l'année. Elle pivota, luttant contre un accès de panique, à la recherche d'une façon de s'échapper. Il devait bien y avoir un escalier de secours quelque part. Puis elle sentit une présence dans son dos, un parfum qui l'envahit et la fit vaciller.

— C'est toi qui as bloqué les accès, murmura-t-elle sans se retourner.

— En effet.

La voix la traversa, grave et veloutée, électrisant la moindre de ses cellules. Alexandra dut user de toute sa volonté pour ne pas se jeter dans ses bras et enfouir le visage au creux de son cou.

— Tu t'es enfuie.

Il n'y avait pas, cette fois, d'accusation ou d'amertume dans le ton de Grant. Il s'agissait davantage d'une observation, d'une simple tentative d'entamer la conversation. Alexandra prit une profonde inspiration, consciente de tout ce qu'elle devait à Grant – à commencer par la vérité.

— C'est vrai, je me suis enfuie. Je suis désolée. Je...

Elle s'interrompit, la gorge nouée, puis se força à se retourner pour l'affronter enfin.

Devant le spectacle qui l'accueillit elle eut l'impression d'être percutée par un train. Il était d'une beauté presque douloureuse, vêtu d'une chemise blanche dont les manches roulées révélaient ses avant-bras tannés. Des bras qui l'avaient tenue avec une tendresse infinie, qui lui avaient donné l'impression d'être chérie et protégée.

Et ce visage... Ses doigts la démangeaient tant elle avait envie de les glisser dans son épaisse chevelure, de le caresser, de lisser les ridules soucieuses qui se formaient au coin de ses yeux quand il la regardait. Parviendrait-elle un jour à dissiper les doutes qui le consumaient ? À lui faire comprendre qu'il n'avait jamais été 'un simple jardinier, à ses yeux ?

De toutes ses forces, elle réprima cette pulsion. Il voulait parler de leur relation ? Très bien. C'était pour cela qu'elle était venue, elle aussi. Elle lui ouvrirait son cœur et, lorsqu'il la rejetterait, elle rentrerait se consoler avec un bain chaud.

Elle prit une dernière inspiration, puis sauta dans le vide.

— J'ai quelque chose à te dire.

17

Grant dévorait Alexandra du regard, absorbant tous ces détails qui lui avaient tant manqué : les mèches couleur acajou qui s'échappaient de son chignon et tombaient sur sa nuque, le nez légèrement retroussé qui ajoutait à son air malicieux. Il était fasciné par le dessin de ses lèvres, sensuel et décidé. Dans ses yeux se lisait une force qu'il n'avait connue qu'en germe autrefois : le courage d'une femme qui, jetée à terre, s'était relevée sans aide et réinventée.

— J'ai quelque chose à te dire.

À ces mots, une poigne invisible et glaciale se referma sur son cœur. Elle avait prononcé des paroles similaires neuf ans plus tôt, dans la bibliothèque de son père. S'était-il imaginé les sentiments qui les unissaient toujours ? Ou avait-il tout gâché en l'accusant injustement ?

— Moi aussi, répondit-il. Honneur aux dames.

Avant de parler, la jeune femme se mordit la lèvre. Grant sentit son sang s'échauffer à ce spectacle, qui lui rappelait le moment où ces mêmes lèvres s'étaient refermées sur sa virilité. Il enfonça ses ongles dans ses paumes, seul moyen de lutter contre une farouche érection.

— Très bien. Je t'ai présenté mes excuses il y a peu pour mon comportement d'il y a neuf ans, pour avoir été lâche et t'avoir tourné le dos. Pourtant, c'est ce que j'ai fait une nouvelle fois, dans les Hamptons.

— Non, Alexandra, je...

— Je refuse que tu me trouves des excuses, coupa la jeune femme, se tournant pour regarder au loin. J'étais en colère. Mais je comprends tes soupçons. Après ce que je t'ai fait autrefois, tu es en droit de…

Sans réfléchir, Grant l'attira. Alex eut à peine le temps d'entrouvrir les lèvres, sous l'effet de la surprise, qu'il les conquit en un baiser farouche. Un baiser dans lequel il mit tout : son amour, ses regrets, sa passion, ses espoirs. Pendant une seconde, elle ne réagit pas. Si elle le rejetait, tant pis pour lui. Il aurait au moins eu ce dernier moment…

Puis elle s'anima, fondit contre son torse. Sa bouche s'ouvrit comme une fleur pour accueillir sa langue. Grant l'aurait volontiers embrassée pendant des heures, mais leurs corps attendraient. Pour le moment, l'urgence était de parler. Avec un soupir, il la relâcha, encadrant son visage des deux mains, front posé sur le sien.

— Tu avais dix-neuf ans, Alexandra. Tu étais jeune, innocente, et sous la coupe d'un tyran.

Il la serra contre lui comme pour absorber tout ce qu'elle avait souffert, avant de reprendre :

— Je savais que quelque chose ne tournait pas rond, ce jour-là. Je le savais et je n'ai rien fait. C'est moi qui suis parti. Moi qui t'ai abandonnée aux mains de ce salaud.

La voix de Grant se brisa, le forçant à prendre une profonde inspiration.

— Par fierté mal placée, à cause de mon ego, enchaîna-t-il, je t'ai laissée seule, enceinte de notre enfant. Et au lieu d'apprendre de mes erreurs, j'ai recommencé. J'ai permis à cette foutue fierté d'obscurcir mon jugement.

— Je ne te laisserai pas endosser la responsabilité de ce qui s'est passé. J'ai fait des erreurs, moi aussi.

Malgré lui, Grant renversa la tête en arrière et éclata de rire.

— Ne me dis pas que nous allons maintenant nous disputer pour savoir lequel des deux est le plus coupable ? Je préférerais profiter de ce temps pour te dire que je t'aime.

Alexandra écarquilla les yeux, une lueur d'espoir prudent au fond des pupilles.

— Tu... tu m'aimes ?

— Je n'ai jamais cessé. Suis-je en droit d'espérer que...

Sans lui laisser le temps de finir sa phrase, Alexandra lui sauta dans les bras et noua ses jambes autour de sa taille. Puis elle enfouit son visage dans son cou et se mit à pleurer.

— Alexandra...

— Ce sont des larmes de bonheur !

Elle se détacha de lui pour lui adresser un sourire, si radieux qu'il en éclipsait presque les lumières de New York.

— Je t'aime, Grant. Je t'aime et c'est justement ce que je venais te dire ce soir. J'en ai assez de réprimer et de dissimuler mes sentiments comme je l'ai fait pendant neuf ans.

— Tu peux être fière de ce que tu as accompli pendant toutes ces années, Alexandra. Tu n'as pas à t'en vouloir.

— Je te retourne le compliment. Tu as atteint tous les buts que tu t'étais fixés. Le groupe Pearson est sur le point de connaître un succès considérable, et de devenir l'un des fonds d'investissement les plus respectés du pays.

— Mais un fonds qui fait passer l'humain en priorité, précisa Grant en lui embrassant le bout du nez. Grâce à toi. J'étais devenu presque obsédé par les chiffres, au point de ressembler à ces hommes que je déteste. Pendant que tu travaillais dur, et que tu faisais des dons aux associations de victimes de ton père alors que tu avais à peine de quoi vivre, je ne pensais qu'à devenir milliardaire.

Alexandra baissa la tête, les joues en feu.

— Comment le sais-tu ?

— Finn m'a tout dit.

— Finn ? Quand lui as-tu...

La jeune femme s'interrompit, puis partit d'un rire incrédule.

— Finn... Il est complice de tout ça, n'est-ce pas ?

— Disons que ce n'est plus le sale gosse gâté que j'ai connu.

Et il s'est montré d'une aide précieuse quand je lui ai demandé quel était le meilleur moyen de t'attirer ici.

— Je n'avais pas d'autre choix que de faire ces dons, marmonna Alex. Même s'ils reviennent à tenter de vider l'océan à la petite cuillère.

— C'est pour ça que je t'aime. C'est aussi pour ça que j'ai fait une donation complémentaire hier, qui couvre toutes les pertes accumulées par ton père.

Alexandra le dévisagea, bouche bée. Il lui fallut de longues secondes pour retrouver l'usage de la parole.

— Mais... mais il y en avait pour plusieurs centaines de millions ! Je croyais que tu voulais devenir milliardaire ?

— Oh ! j'y parviendrai, crois-moi. Mais ça me paraissait plus important que ce genre de but sans queue ni tête. Je veux être l'homme dont tu es tombée amoureuse, Alexandra. Je veux être digne de toi.

Une expression craintive voila le visage d'Alex, tandis qu'elle desserrait ses jambes et retombait sur ses pieds.

— J'ai peur de... de ne pas être digne de toi.

— Peur ?

— Oui. Peur de te décevoir, ou de *me* décevoir.

Avec un soupir tendre, Grant glissa une main dans la soie de ses cheveux. L'autre se posa sur sa nuque, ferme, presque possessive.

— Tu m'aimes, Alexandra ?

— De tout mon cœur.

— Et je t'aime aussi. L'une de mes erreurs, cet été-là, est de t'avoir mise sur un piédestal, si haut que tu aurais fini par en tomber. Nous avons tous deux commis des erreurs, et c'est bien comme ça. Nous sommes humains. Nous ne sommes pas infaillibles. Mais nous sommes aussi capables de pardonner, d'oublier, et d'espérer. Tout ce que je veux, c'est aller de l'avant. Avec toi.

Alex acquiesça, visiblement émue.

— Ce programme me plaît.

— Parfait.

Grant recula d'un pas, puis mit un genou à terre et tira un écrin de sa poche. Sous l'œil ahuri d'Alexandra, il révéla une bague en or. Elle était surmontée d'une tourmaline entourée d'émeraudes qui figuraient une rose.

— Alexandra Moss, me feras-tu l'honneur de devenir ma femme ?

— Grant, bien sûr que je... Mais... Lucy Hill a été très généreuse avec moi quand elle a découvert qui j'étais. Et si les autres n'étaient pas aussi prompts au pardon ? Je ne veux pas te blesser par association.

— Tout idiot t'identifiant à ton père, ou te tenant responsable de ses erreurs, n'a pas de place dans ma vie. Tu es la personne la plus forte et la plus solide que je connaisse. Ne laisse pas tes doutes t'arrêter. Ensemble, nous sommes capables de tout.

— La réponse est oui, Grant. Je serai honorée d'être ta...

Grant ne la laissa même pas finir sa phrase. Il se leva d'un bond, ivre de joie, et l'interrompit d'un baiser qui les laissa tous deux pantelants. Ses mains descendirent sur les fesses d'Alex, tentatrices, pour la plaquer contre lui et lui faire sentir à quel point il la désirait.

— Grant... tes invités...

— Bon sang, j'avais oublié.

Il lança un regard hésitant vers les ascenseurs, puis soupira.

— Nous disposons de trop peu de temps avant leur arrivée. Mais j'espère que nous rentrerons ensemble après la soirée, afin que je te montre à quel point ta réponse m'enchante.

Levant un sourcil moqueur, Alex glissa une main entre eux et couvrit son sexe rigide, qu'elle caressa lentement à travers le tissu de son pantalon.

— J'avais remarqué.

— Si tu continues, les invités vont nous trouver en train de faire l'amour sur cette table, gronda-t-il. Tu ferais mieux d'ouvrir ton cadeau.

— J'ai un cadeau, moi ?

À contrecœur, Grant la relâcha pour aller déverrouiller la porte de l'escalier. Une boîte blanche surmontée d'un ruban rouge reposait sur les premières marches. Il la ramassa et la déposa devant Alexandra.

— Ouvre.

La jeune femme lui décocha un sourire de pur ravissement, si solaire qu'il se promit de lui faire un cadeau par semaine, juste pour revoir ce sourire. Un simple livre lui ferait sans doute aussi plaisir que le plus précieux des bijoux. Mais le contenu de cette boîte, il le savait, avait une signification particulière.

Alexandra poussa une exclamation de stupeur lorsqu'elle souleva le couvercle et découvrit la robe vert sauge.

— Grant ! C'est... c'est...

— Elle t'appartient.

— C'est toi depuis le début, n'est-ce pas ? reprit-elle, les yeux brillants de larmes. C'est toi, et pas Jessica, qui avais choisi toutes ces tenues et ces bijoux pour moi ?

— Coupable, reconnut Grant. Tu le méritais.

Visiblement émue, la jeune femme plaqua la robe contre son corps. Elle en lissa le tissu d'un air ébahi.

— Jessica a ajouté quelque chose au fond du paquet.

— Jessica est complice de tout ça, elle aussi ?

Alex replongea dans le carton et en tira une paire d'escarpins dont les talons, transparents, étaient piquetés de minuscules diamants.

— Ça alors... Nous avions évoqué Cendrillon... Je ne pensais pas qu'elle m'écoutait.

— Elle m'a appris que tu comptais investir tout ce que tu avais gagné avec Pearson dans ton entreprise, et que tu ne dépenserais rien pour toi. C'était l'une des nombreuses raisons pour lesquelles, selon elle, je devais tout faire pour te reconquérir.

Grant approcha d'un pas, puis souffla :

— Je serais très honoré si tu portais cette robe, ces chaussures et cette bague lorsque j'annoncerai nos fiançailles ce soir.

— Est-ce bien réel ? demanda Alexandra en riant. Ou suis-je dans un rêve, sur le point de me réveiller ?

— Voici qui devrait te prouver que tu ne rêves pas.

Et il l'embrassa, jurant par ce baiser qu'il ne laisserait plus jamais sa Cendrillon lui échapper.

Épilogue

Trois ans plus tard

Grant se redressa sur sa serviette de plage, un sourire sur les lèvres, au son du babil de sa fille. Carla jouait en bordure de la plage, là où les vagues de l'Atlantique léchaient la côte du Brésil. Assise à côté d'elle, Alexandra aidait la fillette à construire de maladroits pâtés de sable d'une main, tout en ajustant son petit chapeau de l'autre.

Les trois dernières années s'étaient écoulées si vite que Grant en avait le tournis. L'annonce de leur fiançailles, bien entendu, avaient éveillé l'intérêt de la presse. Par chance, l'attitude humble et généreuse d'Alex après la condamnation de son père, et le remboursement intégral des victimes, leur avaient valu l'approbation du public. Quant aux esprits chagrins qui s'étaient obstinés à l'associer à David Waldsworth, ils appartenaient au passé. Grant avait tenu ses promesses – il n'avait pas l'intention de travailler avec ces gens-là.

Le groupe Pearson, dont le lancement officiel avait eu lieu le soir même de leurs fiançailles, avait connu un succès foudroyant. Un an plus tard à peine, Grant était officiellement devenu milliardaire. Et il s'en moquait complètement, songea-t-il, observant son épouse qui jouait avec leur fille. Bien sûr, Pearson comptait à ses yeux, mais c'était surtout parce qu'il lui permettait désormais d'investir dans des causes qui en valaient la peine. Comme celle d'encourager de jeunes entrepreneurs venus de quartiers défavorisés, ou de soutenir de nombreuses organisations caritatives dans son pays d'origine. Alexandra l'y aidait, du moins lorsqu'elle n'était pas occupée à fournir fleurs et bouquets à l'élite de la société new-yorkaise.

Plusieurs fois par an, ils se rendaient en famille au Brésil. La joie de sa mère, lorsqu'elle marchait dans les rues de sa ville natale, lui avait mis du baume au cœur, même s'ils ne guériraient jamais vraiment de la perte tragique d'un mari et d'un père. Mais avec Alexandra à ses côtés Grant se sentait plus heureux qu'il ne l'avait jamais été. Plus heureux qu'il ne l'aurait cru possible.

Au même moment, son épouse surprit son regard et lui adressa un clin d'œil aguicheur en retour. Par chance, ils étaient en basse saison, sans quoi la plage entière aurait été témoin de la réaction bien involontaire de son bas-ventre.

— Quand ta mère arrive-t-elle ? demanda Alexandra en le rejoignant, Carla calée sur sa hanche.

Sans chercher à cacher son appréciation, Grant étudia son corps hâlé, moulé dans un maillot une-pièce rouge.

— À 5 heures. Finn, Amanda et leur progéniture arrivent demain. Entre notre lutin et leurs jumeaux, ma mère va devenir gâteuse.

Avec un sourire, la jeune femme lui tendit leur fille, dix bons kilos de bambin mouillé et couvert de sable.

— Peut-être que Carla aimerait passer la soirée avec son *avó* Jordana, pendant que nous allons dîner en ville ?

— C'est un message codé ? s'enquit Grant, levant un sourcil suggestif.

Alexandra éclata de rire.

— Non, je pensais juste profiter un peu de la soirée, juste tous les deux. Ce sera beaucoup plus difficile quand Carla aura un petit frère ou une petite sœur.

— Je peux...

Il s'interrompit, enregistrant enfin ses paroles et son regard malicieux.

— Tu es...

Son regard descendit sur le ventre de son épouse, puis remonta vers ses yeux.

— Vraiment ?

— Ça doit faire sept semaines.

Profondément ému, Grant glissa un bras autour de sa taille, l'attira à lui et l'embrassa longuement.

— Moi bisous à papa !

Deux petites mains lui agrippèrent le cou, et des lèvres humides s'écrasèrent sur sa joue. Grant se mit à rire.

— J'avais tort, déclara-t-il, déposant un baiser sur le nez de sa fille, puis le front de son épouse.

— À quel sujet ?

— Je crois que nous sommes *vraiment* dans un conte de fées.

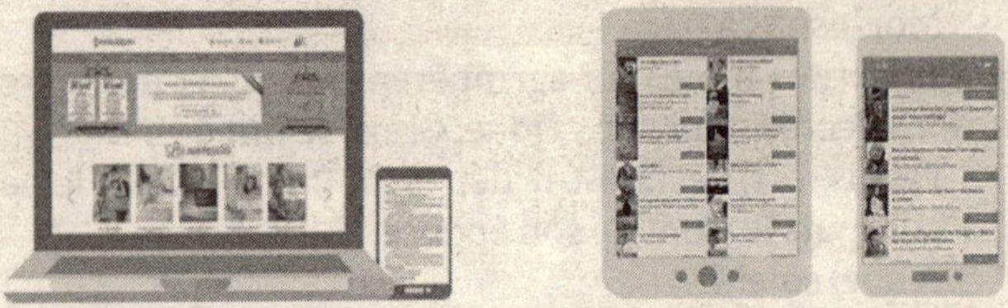